다정하기 싫어서
다정하게

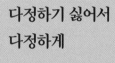

다정하기 싫어서
다정하게

김현 에세이

창비

차례

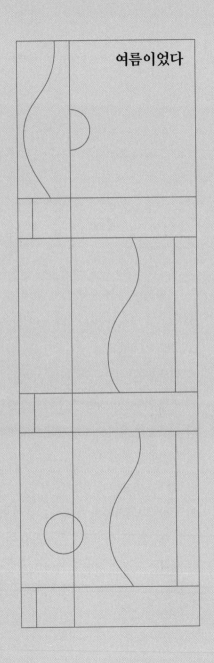

여름이었다

"예전에 우리 시에서는 개들이 자유로이 돌아다녔다. 하지만 옛 방식은 바뀌었다"로 시작하는 메리 올리버Mary Oliver의 시 「목줄」『개를 위한 노래』, 민승남 옮김, 미디어창비 2021은 목줄을 이빨로 물어뜯고 울타리를 기어올라 배회하는 개 '새미'에 관한 이야기다. 장난기가 많고 다정한 새미는 집을 벗어나 친구들을 사귀고 누군가의 마당에서 잠시 머물다가 그 집의 사람들과 인사를 나누기도 한다. 그런 새미를 못마땅하게 여겨 긴장과 공포를 조장하는 건 오로지 개 단속관뿐. 어느 날 그 단속관이 사직하고(!) 후임 단속관이 오는데, 그는 옛 시절을 기억하고 그리워할 줄 아는 이다. 그 덕분에 새미는 목줄을 이빨로 물어뜯고 울타리를 기어올라 배회하며 계속 많은 친구와 더불어 오래오래 행복한 삶을 산다. 메리 올리버는 이 기쁜 결말의 끝에 이런 말을 덧붙인다. (이건 새미의 이야기다. 하지만) "어쩌면 당신을 구속하고 있는 줄을 끊는다면 당신에게 일어날 수 있는 경이로운 일들에 대한 이야기일 수도 있다."

좌변기에 앉아 시집 덮고 내 인생의 목줄이란, 하며 배에 힘주는 아침이다.

어제는 막걸리 두 통을 마셨다. 여름 하나, 가을 하나. 여름에선 신선, 상큼, 풍부한 탄산미가 느껴지고 가을에선 담백, 잘 익은, 부드러운 신맛이 느껴진다고 해서 그렇게 느끼며 마셨다. 봄은 아직 멀리 있지만 봄에서는 달콤, 가벼운 탄산미가 느껴진다 하고, 진정한 술꾼들의 막걸리는 겨울. 입동 무렵에는 겨울 하나 봄 하나를 마셔야지 마음먹으며, 그리운 사람 몇을 떠올렸다. 그리운 사람이란 그리운 시절이고 그리운 시절이란 그리운 옛날. 그리운 옛날에는 옛 방식으로 사람들과 어울렸다. 마스크를 쓰지 않고 다닥다닥 붙어 앉아서. 그때 어떤 시, 「봄날」조병세 지음에는 화장실에서 똥을 누다가 어머니와 '까르푸'에 가는 '나'가 등장하고. '나'는 어머니에게 전쟁 때 아버지의 형이 학살당했다는 말을 듣는다. '나'는 생각한다. 아직도 학살이라는 말을 알 수 없다고. 예전에 우리 시에서는 학살당한 자들이 자유로이 돌아다녔다.

　　로힝야족을 집단학살하고, 쿠데타 이후엔 천여명이 넘는 사람들의 목숨을 앗아간 미얀마 군부는 최근 집단학살 관련 처벌을 형법에 명문화하는 법 개정 작업을 마무리했다. 집단학살에 따른 국제사회 비판을 덜고, 반군부 세력에 집단학살 죄를 묻기 위해서라는 분석. 군부가 쏜 총에 맞아 죽은 니 니 아웅 뗏 나잉의 핏자국이 남아 있는 양곤 거리 사진을 보았다. 핏자국은 물에 씻기고 물에 남는다. 이런 문장을 적어보고. 그 아래는 "민주주의를 찾습니다. 찾으면 우리에게 돌려주세요"라고 적힌 전단을 찍은 보도사진이었다. '미얀마에 울려 퍼지는 임을 위한 행진곡'을 뉴스로 전하며 앵커가 했던 말. "5·18민주화운동은 이제 독재에 대한 저항과 민주화를 대변하는 세계적인 아이콘이 되고 있습니다." 그 '뉴스의 말'을 나는 최근 한 시에 적어

넣었다. 두고 보기 위해. 가끔은 내 인생을 잠시 옆으로 미뤄두고 다른 생을 오르내리는 것도 건강에 좋다. 정신에도 허벅지라는 게 있으니까.

　　나처럼 목줄을 목숨줄로 연상한 사람도 있을 것이다. 목숨줄을 끊으면 일어날 수 있는 경이로운 일들에 대해 한 번쯤 생각해본 사람도… 놀랍지만, 뭐든 끊기는 것보다는 끊는 게 낫다고 요구하는 이야기가 결국엔 목줄을 이빨로 물어뜯고 울타리를 기어올라 배회하는 '사람'에 관한 사건이 된다.

　　배상면주가 느린마을 사계절 막걸리 리뷰를 검색하다가 한 블로거가 적어놓은 문장을 보고 고개를 끄덕이며 웃었다. 개소리 써놓고 끝에 '여름이었다'만 붙이면 그럴싸해짐. 개소리는 아무렇게나 되는대로 지껄이는 당치않은 말을 욕하여 이르는 말. 그리고 개가 짖는 소리라는 뜻을 가진 명사이다. 어제 여름을 비우고 가을을 따르며 개소리하는 사람에 관해 떠들었는데 그럴싸했다. 신선, 상큼, 담백. 그런 기분으로 잠자리에 누워서 핸드폰을 들고 썼다.

달력 한장 넘겼을 뿐인데 가을이다. 그리고 비 온다. 풍경 소리가 울려 퍼지는 고즈넉한 산사와 따뜻하게 우려낸 차 한잔. 댓잎에 부딪히는 빗방울. 눈을 감고 꿈꿀 수 있다. 인간은. 동물도. 아마존의 아추아인들은 꿈꾸는 자의 영혼이 몸을 떠나 꿈을 꾸는 동식물의 영혼과 교류한다고 믿는다,라는 얘길 읽었다. 그 꿈속에선 모든 존재가 인간의 형상을 하고 있고. 그러니까 꿈을 꾸면, 개 짖는 소리가 사람이 말하는 소리이다.

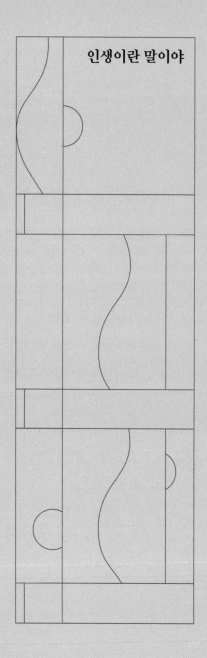

인생이란 말이야

— 체지방 15킬로 빼야 됨.

　　— 건강검진 결과 나옴?

　　— 난 체지방만 9.5킬로 빼야 함.

　　— 근데 다행히 골격근량은 정상.

　　— 나도 의외로 정상이었음. 그냥 지방만 빼라는 건가 싶음.

　　— 지방만 빼는 게 어려움. 최대 심박수의 70퍼센트로 30분간 운동 지속…

　　— 난 둘 다 비정상인데.

　　— 이렇게 6개월 이상 해야 체지방이 빠지고 살이 안 찌는 체질로 바뀐다고 함.

— 엄청 구체적이다. 운동하자.

— 파워존 가자.

— 코로나만 끝나봐라(근데 언제 끝나).

이런 온라인 대화 끝에는 "술이나 마시자"라는 소릴하게 되고 말이야. "체지방 사라지면 만나"라는 말을 듣게되고 말이야. 이런 경구형 드립을 쓱 날리게 된단 말이야.

— 인생이 체지방이야.

날려놓고 '과연 그런가?' 생각하지. 내 인생, 돌아본단말이야. 너도 한번 날름 돌아보란 말이야. 잘 빼고 있나. 그렇게 인생의 쌍두마차를 끌고 희로애락과 오욕칠정의 고개를 넘다보면 어딘가 한 지점에선 반드시 말을 멈춰 세우고 수레에서 내려 조망하게 될 거란 말이야. 아무도 없는데누구라도 들으라는 듯 말하게 되지. "이렇게 살다가 저렇게가는구나." 그러면 쓰게 돼. 이런 말을 시에 버젓이 말이야. 회개하는 얼굴로 죄를 짓고 죄를 짓는 얼굴로 회개하고. 회개는 인간의 찌꺼기니까. 회개, 그걸 하고 있으면 말이야 좋은 게, 눈물이 흐른단 말이야. 새로운 삶을 살고 싶어서가 아니라 인간의 값어치가 의심돼서 욕하게 된단 말이야. 근데 알지? 그렇게 내가 나한테 욕을 먹이고 나면(신은 내 안에 있다는 말이야) 비로소 더듬더듬 오늘의 죄를 고하려고 준비하게 되잖아. 근데 알지? 그러면 열에 아홉은 내 죄가 아니고, 열에 아홉은 다…

다시 수레에 올라 말 몰고 가면서 되풀이한단 말이야. 속 끓지 않고 가벼운 인생을 살기 위해 나나 너나 기를 쓰며 산다. 이왕 사는 우리네 인생 행복하며 살아요,라는 문구가 적힌 '우리 엄마 명숙티콘'을 대화창에 남겨놓게 된단 말이야. 바탕에 구름과 꽃씨가 있는 그 이모티콘을 보면서 "인생이란 말이야 구름처럼 흘러 꽃씨처럼 흩어진다." 아무도 없는데 누구라도 들으라는 듯 속삭이고(근데 알지? 그런 속삭임은 나한테 차곡차곡 쌓이는 거).

속삭이며(근데 알지? 내가 나한테 계속 속삭이다보면 그게 버릇이 돼서 혼자 걷다가도 중얼거리고, 혼자 먹고 마시다가도 중얼거리고 심지어 여럿이 있는데도 혼자 중얼

중얼. 글도 그렇게 중얼중얼 중얼중얼 중얼중얼. 민쟁 누나가 쓴다고 글이 아니고 낸다고 책이 아니니, 징징대는 글을 쓰지 말자, 하는데도 늙어 징징대는 글 쓰는 재미란 게 있을 텐데, 하는 생각. 그래서 나는 늙어 쓰는 시에, 늙어 쓰는 글에 중얼거림이 없으면 의심되더라. 미쳐야 쓴다는 데 말이야). '과연 그런가?' 생각하지. 내 인생, 돌아본단 말이야. 너도 한번 날름날름 돌아보란 말이야. 잘 흘러가고 있는지. 어제는 말이야. 걷다가 말이야. 가로수 옆에, 버려진 의자 상판 사이에서 민들레 꽃씨를 발견하곤 사진을 찍었단 말이야.

　　내 나이, 돌아보며 인스타그램(@juda777. 이렇게 알리면 팔로워가 얼마나 느는지 보자)에 남겼단 말이야. "이제, 이런 걸 그냥 지나치질 못하네… 내 나이… 애련해…" 그랬더니 시하 누나가 "언제부턴가 꽃을 찍고 다니는 1인, 대공감" 하고 댓글을 남기더란 말이야. 누나가 이제 반백인가. 반백이 넘었나. 헤아리면서 같이 늙어가는 처지란? 자문자답. 나 혼자만 이렇게 살다가 저렇게 가는 게 아니라는 걸 확인하며(이러려고 사람 사귀는 거 아닌가?) 안심되지 말이야(더 안심되는 건 환우를 만났을 때. 너도 아프냐, 나도 아프다. 그럼 마음이 한결 편안해지더라고. 그러니까 아프면 아프다고 말하며 살자는 말이야. 결벽이 몸에 배서 아픈데도 아픈 거 말하지 않는 애들이 있어. 그러다 혼자 먼 길 가는 애도 있고. 그런 애 장례식장에 가면 영정을 뚫어지게 보게 되고. 속삭이게 된단 말이야. 혼자 갔구나). 누군가는 인생 거기서 거기,라는 말을 생의 경구로 삼고. 시하 누나가 인스타그램에 댕댕이 사진을 올려주면 나는 좋더라. 그 사진을 뚫어져라 보면(사진은 안 보고 사진 속을 보게 되더란 말이야) 내 속이 다 보여서. 개가 있다면, 속삭이고. 개에게 구원을 원하며, 같이 늙어가는 처지. 말 않고 묻지 않아도 속을 아는 사이. 그런 사이란 없다는 걸 이제 아는 나이인데, 내 나이가. 청춘일 땐 그렇게 그런 사이를 원하고 원망했는데. 자꾸 내 나이가 어떤 나이인지 얘기해서 지리멸렬한 감도 있지만, 그때는 말이야. 입만 열면 나이 타령 하는 인간을 나이로 눌러줬는데. 아이고, 으르신, 하며. 어르신이라고 불려도 어색하지 않은 선생 몇쯤 알고 있는데, 가끔 보면 말이야. 그런 선생 중에 말이야. 고삐를 쥐고

끝까지 가는 어른이 있는데(그런 어른들은 고삐를 쥔 것도 몰라요. 왜냐, 옆에서 알아서 쥐여주거든. 선생님, 선생님 하면서 말이야), 아무도 말해주지 않더라. 야, 이 친구야, 그 거 좀 놓아. 인찬이랑 성은 누나랑 같이 놀다가 한 말. 우리 는 말해주는 사이가 되자. 깨우침의 따귀를 올려붙이고.

정신이 번쩍 들도록 하는 말이란 말이야,

…열에 아홉은 다, 네 죄야. 네 죄.

(너가 누구인지 적지 않았음 사실 못했음. 똥물을 뒤집 어쓰고 살 자신이 없네. 세월을 직격탄으로 맞고 보니. 그 러니 죄를 지었으면 회개하시고. 셀프로라도 괜찮다는 말 이야.)

김목인의 노래 중에 「시란 말이야」라는 게 있어. 시인 이, 시란 말이야, 그게 말이야, 그런 게 있지 말이야, 하는데 모두 "에잇" 하며 건배를 하는데 말이야, 오랜만에 시가 돌 아왔다고 하는 노래란 말이야. 그 노랠 혼술하며 종종 듣는 데 말이야, 에잇, 할 때 에잇, 하고 한모금, 에잇, 할 때, 에

잇, 하며 한모금 마시다보면 말이야, 중얼중얼 흘러내려서
쓰게 되더란 말이야. 버젓이.

　　씨는
　　씨 되어
　　가고

　　바람은
　　바람이지

　　이딴 소릴 지껄이는 애들은
　　사랑도 꼭 그렇게 하고
　　시도 꼭 그렇게 쓰고
　　살아도 꼭 그렇게 살고
　　갈 때도 꼭 그렇게 가더라

　　오늘은 이런 일이 있었다.
　　같은 층에 사는 어르신과 엘리베이터를 함께 타게 됐

는데, 그 어르신이 빈 페트병으로 내 옆구리를 툭툭 치더니 "같은 층에 살면 인사를 하며 살아야지"라는 게 아니겠어. 내가 오래전 반지하에 살 때 이웃에게 호되게 당해서 이웃 보기를 돌같이 하는 것도 모르면서, 대답 없이 어물거리니까 "몇살이야?" 하더라고. 더 보탤까, 확 뺄까 하다가 좀 뺐지. 진실하기 싫어서. "마흔이요" 그랬더니 "아이고, 이야, 생각보다 나이가 많네, 나는 이십대인 줄 알았네!" 앞으로 듣게 될 말이란 말이야. 근데 왜 아직 결혼을 안 했대. 여자친구는 있고. 그러면 이렇게 엿 먹여야지 생각했어.

　　"사별했는데요."

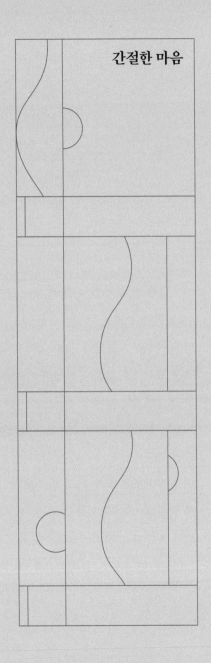

간절한 마음

늦은 밤. 귀갓길. 집 앞에 누가 언제 심었는지 알 수 없는, 알 수 없으므로 더 신비로운 아름드리나무 아래 세워진 낡은 자전거를 보았다. 녹초 되어. 나무 아래 자전거와 가로등. 그러므로 그림자. 자연과 비자연이 어우러져 만든 검은 풍경에 눈길을 두고 서 있었다. 한동안. 그대로 그렇게. 마음이 일렁였다. 힘이 부치는 하루였다. 정말 먼 곳으로… 그런 하루 끝에는 누구나 떠날 수 있는 날과 떠날 수 있는 곳을 살펴보고. 운행 시간표를 검색해보는 것만으로도 숨을 돌린다. 이성을 되찾고(되는 대로 사는 애들이 헐떡거리는 데는 다 이유가 있고), 현실을 직시하고, '떠날 수 없으면 (떠나) 보자' 같은 기분으로 OTT서비스에서 여행 관련 영화를 찾다가 결국 택일하는 데 실패하고 그냥 자버린다. 다음 날 친구들, 동료들과 모여 아이스아메리카노를 마시며 어젯밤에는 글쎄, 운을 떼고. 여행 가고 싶다, 모두 동조하고. 힘에 부치다와 힘이 부치다는 다른 듯 같은 말 같고. 언젠가 힘에 부친 하루 끝에 영화 「델마와 루이스」Thelma & Louise, 1991를 다시 봤다. 볼수록 델마와 루이스가 절벽을 향해 달려갈 때 느껴지던 통쾌함은 점점 희미해지고. 차를 돌려 절벽이 아니라 절벽 반대 방향으로 돌진했더라면. 그래서 백인 여성 델마와 루이스가 두 손을 꼭 잡고 경찰들의 난사에 목숨을 잃었더라면(#그녀의이름을말하자 #흑인의목숨도소중하다). 절망의 통쾌함이라는 것도 있지 않을까. 나 혼자가 아니라 인류가 공평하게 절망하는 지금. 통쾌하지 않음? 나만 힘이 부치는 것이 아니고 나만 힘에 부친 나날을 보내고 있는 것이 아니라는 걸 확인하면 정말, 통쾌하지 않음? 그래서 누구나 어느 때가 되면, 말문이 막히면 '같이 늙어가는 처지에' 이런 말을 쉽게 쓰고. 쓴다. 코로나 팬데믹으로 여행을 떠날 수 없어서 여행 계획만 세우는 한 사람, 예약 취소 수수료를 여행 경비로 잡은 내용을 엑셀로 정리하는 총무팀 영애의 일상. 그런 영애의 엑셀 파일을 우연히 보게 된 영애의 사수 윤희는 영애에게 자전거 여행을 제안하고. 두 사람은 문자로 사직과 자립을 통보하고. 결말에 이르러 두 사람의 마음은 각기 다른 이유로 일렁인다.

정말 먼 곳으로 가기 위해서는 자전거를 버려야 한다는 사실을 깨달았다⋯

메모했다.

일렁이다는 물에 떠서 물결에 따라 이리저리 흔들리거나 움직이는 것을 뜻하는 동사. 마음은 동사,라고 어느 글에 쓴 적 있고. 덧붙이자면 일렁이다는 여름 동사의 일종. 겨울의 동사는 속삭이다. 봄의 동사는 어른거리다. 가을의 동사는 흘러가다. 어른거리고 일렁이고 흘러가 속삭이는 마음의 사계절. 동사를 활용해 마음의 사계절을 그려보세요. 그것이 바로 당신을 설명하는 일. 여름, 일렁이는 심사를 나무 아래 자전거에 투영하며 그려보았다. 당신은 누구신가요. 어떤 사람인가요. 나무 아래 자전거를 세워두고 어딘가로 향했나요. 떠났나요. 그런 상상은 결국, 나에 관한 이야기. 나의 여름 이야기에는 언제나 습기와 열기를 머금은 밤의 공기, 시원한 바람이 한번씩 불어오고, 밤의 고유한 흐름에 맞춰 자전거 페달을 밟고 닿지 못할 곳(마음)을 향해 닿을 듯이 나아가다가 멈춰 서 있다가 다시 돌아온다. 그전에 일어난 일은 아무도 모르고. 내가 밤의 복개천에서 어둠을 방어막 삼아 울고 온다는 사실. 아무도 알지 못하므로 그 울음 뒤에 피어오르는 웃음은 더 신비롭고. 그렇다고 믿게 되며. 갔던 길을 따라 돌아오며(인생은 이렇게 축약되기도 하지), 나는 한 사람을 생각한다. 그 사람의 일렁이는 마음. 일렁이는 마음을 생각하면 언제나 빛이 있되, 빛을 생각하면 어둠이 있고.

    위와 같은 단락을 느끼하다고 생각하는 사람도 있겠지. 그래서 어떤 이는 느끼하지 않은 산문을 부러 쓰고. 얼마 전 한 영화에서 보았다. 어느 작가가 쓴 여행 에세이를 "다 구라"라고 평하며, 여행의 감흥이 아니라 여행지에서의 생활을 써야 한다던 사람. '생활 쏘 안 느끼'인 이유는 남(다른) 얘기 같지 않아서. 생활이든 여행이든 에세이를 쓸 때면 누구나 자아도취에 빠진다. 도취하지 않은 에세이를 본 적이 없다. 도취한 상태로 창조하고. 창조하지 않고는 쓸 수 없다. 내 인생(생활, 여행)이 남다른 까닭. 진실한 구라를. 위 단락에서 창조를 빼고 남는 건, 어느 여름밤 복개천에서 한 사람을 생각하며 울었다.

쓸 땐 진심으로.

이걸 끊임없이 의심하는 사람이 결국 쓰게 된다. 처음으로 글을 쓰는 사람의 첫 문장은 모두 같은 의미이다. 믿을 수 없었다.

"그래서 집 앞에 몇분이나 멈춰 서 있었는데?"

도쿄올림픽 여자 태권도 67킬로그램 초과급 4강전에서 이다빈은 영국의 비앙카 워크던에게 뒤지다가 경기 종료 3초를 남겨둔 상황에서 공격을 성공시켜 극적으로 결승에 진출했다.

귀가했다. 샤워했다. 때늦은 저녁 식사. 김연경이 '식빵'을 날리는 짤을 찾아보면서. 4강 진출이 확정되는 순간을 중계하는 이호근 캐스터의 뒤집히는 목소리를 몇차례 되돌려 들으면서(진심이니까, 진심으로). 미니 샌드위치를 먹으면서. 하이트 올프리 한 캔(요산 수치 때문에 무알코올 맥주 찾는 분들 많으시지요? 그런데 대부분의 무알코올 맥주에도 통풍 유발 물질인 푸린이 남아 있다는 사실. 하이트 올프리는 알코올 프리, 당 프리, 푸린 프리로 안심하고… 쓰면서 염원합니다. 하이트 관계자가 이 글을 보시고 올프리를 무상으로 협찬해주신다면…). 간절한 마음에 관하여 생각했다. 그 마음을 왜 생각하냐면 그런 식으로 생각날 때마다 생각해놓아야 "해보자. 해보자. 후회하지 말고" 이런 소리를 진심으로 내뱉을 수 있으니까. 그것도 적기에. 식빵을 넣어서. 그런 생각을 하면서 식빵을 계속 날려봤다. 어떤 순간에, 어느 면전에 대고 생뚱맞지 않게, 너무 상황에 찰떡으로 붙어서 식빵이 씨발, 되지 않고 식빵으로 전해질 수 있도록, 그걸 원해서.

　　최근에 식빵을 날리고 싶다는 간절한 마음을 품은 적이 있는데, 무슨 일이었냐면. 밤에 글을 쓰고 있는데, 생활 동반자인 호가 집을 나서더라고. 잠시 후에 씩씩거리며 들어오더라고. 층간소음 때문에 위층에 올라가서 조용히 해달라고 했는데, 절간에 가서 살라는 말을 듣고 내려왔다는 거야. 너도 관리사무소에 전화해 항의하라고 하더라고. 호의 심사 알겠고, 위층에 사는 이를 혼내주고 싶기도 했는데, 내가 글을 쓰고 있었잖아. 그래서 호에게 나 지금 글 쓰고 있잖아. 글을 쓰고 있다고. 글을 쓰는데 지금 나보고 관리사무소에 전화하라는 거야! 소리쳤지. 다음 식빵을 활용한 문장 중 가장 적절한 것은? 그때 위층으로 뛰쳐 올라가 식빵 절간이라고 했냐, 관리사무소에 전화해 식빵 위층 소음 때문에 못 살겠다, 식빵 글 쓸 땐 건들지 좀 마, 식빵 글 쓰는 게 대수냐 내 사랑이 모욕당했는데.

  늦은 밤.
  글을 써보면 알게 된다.
  나는 오늘 왜 멈춰 섰던 것일까. 가끔은 간절함이 지나쳐서(그럴 땐 꼭 주현미의 「비 내리는 영동교」를 흥얼거리고) 나무 아래 자전거. 가로등 불빛이 만들어내는 그림자를 보면서 발길을 떼지 못한 채로 일렁이며 하루를 마무리하다 진심,을 내뱉게 되고. 잠자리에 들어서 눈 감기 전에 식빵을 2연타로 날리고(야, 너두 날려봐. 얼마나 시원한

지 느껴봐. 그게 바로 오늘 너의 간절 지수). 간절한 마음을 예찬하게 되는 올림픽 시즌이지만, 365일 간절하게 살지는 말자. 어디서 많이 봤지? 이런 자기위안 에세이의 결말. 자기계발 에세이의 결말은 간절하게 살자. 위안도 계발도 되지 않는 결말은 창조의 밑장 빼기. 우상혁도 결선 경기를 마치고 불닭볶음면을 먹었고, 황선우는 침대에 누워 핸드폰을 들여다보는 만인의 행복을 말했고, 안산도 애호박찌개를 먹고 푹 잤다고 한다. 그래서 나도 누워 핸드폰을 들고 이런 기사를 클릭해서 보았다.

너무 캐스팅되고 싶어서 칼을 입에 물고 소원을 빌었다는 배우, 박경혜… 이처럼 간절한 마음으로 엄청난 노력과 열정을 던지는 그녀는 현재 드라마와 영화계가 빠지지 않고 캐스팅하는 최고의 씬 스틸러 중 한명으로 자리 잡게 되었다.*

정말 먼 곳으로 가기 위해서는 버려야 한다.

---

* 「너무 캐스팅 되고 싶어서 입에 칼 물고 기도한 배우, 그 결과…」, 필더무비 2021.8.5.

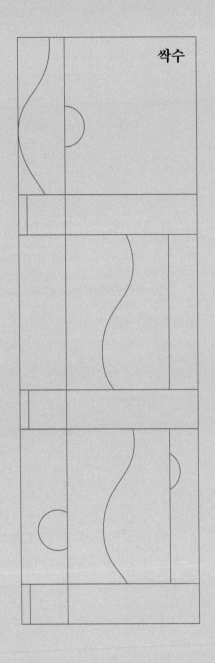

지난봄엔 제주에 다녀왔다. 그때는 그래도 어딘가로 다녀올 계획을 짜고, 어딘가에 다녀오기도 하며 지냈구나. 코로나19 재확산에 따른 방역 수칙 4단계 격상에 관한 기사를 읽으면서 하는 생각이다. 그 봄엔 이런 식의 공개 편지를 적었더랬다.

안녕하세요? 김현입니다.
봄에 어디쯤 머물러 계신가요?

저는 빛바랜 박공지붕이 내려다보이는, 창이 큰 카페에 홀로 앉아 있습니다. 가끔 구름이 지나가고, 군데군데

칠이 벗겨진 미색 벽을 따라 스미는 빛과 흔들리는 그림자에서 한 사람의 얼굴을 봅니다. 그는 아직도 낮의 해변을 정처 없이 걷고 있을지…

　기다리다보면 언젠가 만날 수 있는 사람과 언젠가 만나리라 고대하며 기다리는 사람.
　당신은 어떤 쪽에 더 가까운가요?

　연둣빛 잎이 펼쳐진 나무를 고요히 바라보노라면 어째서 마음의 언 땅에서 슬픔의 새싹이 돋아나는 걸까요.

　이토록 흘러가는 봄.

　이토록 흘러가는 계절이다. 나는 그 카페에 여전히 앉아 있고. 박공지붕에 내려앉아 총총 총총 움직이는 참새의 흐름을 지켜보면서. 볼 때마다 닫혀 있는 푸른 창틀의 창을 응시하면서. 기다리면서. 열리기를. 누군가 살고 있기를 원하면서. 언제나 반쯤 열려 있는 그 집 철제 대문을 지나

다니는 사람을 단 한번도 보지 못한 것에 관하여 생각하면서. 집에 사는 사람들. 낮에도, 밤에도 오로지 두 사람뿐인 노부부를 상상하면서. 그런 상상을 하면 꼭 나와 호의 일상을 반추하게 된다. 부부란 뭘까, 가족이란 뭘까. 의문을 품고. 나와 호는 15년째 교제 중이며, 8년째 한집에서 생활하는 게이 커플로 가족을 구성할 수 없다. 가족구성권은 원하는 사람을 동반자로 삼아 결혼이나 다른 관계를 맺고, 생물학적 자녀를 갖거나 입양으로 다음 세대를 양육할 권리라고 하지만, 이는 이성 간 결합에 해당할 뿐이다. 우리는 가족인가? 호에게 물으면. 쓸데없는 소리. 호는 대답하고.

코로나19 대유행에 따른 방역 수칙 5단계 격상에 따라 이제 가족을 제외하고는 모두 1인 생활을 원칙으로 해야 한다. 전염병과 가족에 관한 디스토피아적 공상을 쓰다 보면 현실적으로 쓸 수 있는 게 또 떠오르는 것이고. 성소수자의 주거권에 관해서. 성소수자주거네트워크의 설문에 따르면 성소수자들이 사는 가장 흔한 집은 6평 이상 10평 미만32.6퍼센트의 원룸36.5퍼센트. 월세 보증금은 500만원 미만35.3퍼센트으로, 월세는 30~50만원46.3퍼센트이다. 논바이너리

남성과 여성을 구별하는 기준에서 벗어난 사람인 현수(이하 성소수자 당사자 이름은 전부 가명)씨는 "주택정책이 성소수자들은 물론 결혼하지 않고 혼자 사는 1인 가구, 동거 커플 등등을 다 고려하지 않는다"라면서 "남들은 결혼을 한다, 청약을 한다, 어쩐다 하는데 (나는) 결혼도 못 하고 1인 가구라 청약도 어렵다"라고 한탄했다.* 현수씨의 한탄은 나와 호가, 아니 요즘 내가 호를 앞혀두고 가장 많이 하는 한탄 중 하나이다. 임대아파트 주거 만료가 3년 앞으로 다가왔기 때문. 서울의 아파트는 꿈도 꿀 수 없고, 빚을 지지 않는 이상 서울에서 투룸을 얻기도 어렵다. 인천으로 눈을 돌리고. 검암역 인근의 집들을 직방으로 찾아보고 또 찾아보면서. 묻지도 따지지도 않는 카카오 전세대출 안내를 살펴보면서. 친구들과 술잔을 기울일 때면 열을 올려 대안적인 주거공동체에 관하여 떠들어대곤 했다. 대안이란 없는 것들끼리 합쳐서 어울려 살자,라는 식. 나이를 더 먹으면, 끝은 반드시 이렇게 되고. 스무살에도 떠들어대던 대안이라는 걸 마흔이 넘어서도 떠

---

* 「성소수자에겐 아파트가 허락되지 않나?」, 한국일보 2021.7.5.

들게 될 줄은 몰랐다. 알았나? 이십년 후에는 달라질 거라 믿기는 했다. 부부란 결혼한 한쌍의 남녀만을 일컫는 것이 아니고, 가족이란 부부를 중심으로 하여 그로부터 생겨난 아들, 딸, 손자, 손녀 등으로 구성된 집단만을 의미하는 것이 아님을, 모두, 안다. 성소수자의 주거권, 가족구성권 보장과 생활동반자법 제정에 관해 실컷 들려주면 이렇게 대답하는 애가 있다. 알았어, 알았어. 알면 끝이야? 그럼 뭐, 나 살기도 죽겠는데. 모든 것을 수렴하는 말. 그걸 제목으로 삼는다. 살기도 죽겠는데. 최고 수위 방역 수칙에 따라 자식이 찾아오지 않는 노부부의 집에 무단으로 침입하여 집을 점거하고 사는 게이 커플의 이야기. 노부부는 나와 호의 보살핌을 받으며 차례로 임종을 맞고 나와 호는 그 집에서 노부부로 산다. 그 집의 철제 대문은 누군가 사는 것처럼 언제나 반쯤 열려 있고, 푸른 창틀의 창은 누구도 살고 있지 않은 듯 단 한번도 열리지 않는다. 직방 기준 검암역 풍림 아이원 2차 25평대 매매가는 3억 8천. 며칠 사이 3천이 뛰었다.

그래, 가끔 하늘을 보자는 문장은 어디에 붙여놓아도 적확하다는 기분이 든다. 여름에는 혼자 걷다가 구름을 올려다보는 게 그렇게 좋다. 뜬구름. 뭉게구름. 흘러가는 구름. 나뉘는 구름. 아니 찢기는 구름. 벼락이 치고 폭우와 돌풍, 그 속에서 나부끼면서 창조의 복부를 단련하면 뭐든 다시 쓸 수 있을 것 같고. 창이 큰 카페에 홀로 앉아 그런 광경을 상상해보노라면 속이 다 시원하다. 인류를 벌주는 것 같아서. 모두 한꺼번에 망하는 건 두렵지 않다. 하나둘 망해나가는 게 두려울 뿐. 어젯밤에는 꿈을 꿨는데, 기상재난에 맞서 고군분투하다가 결국 사는 꿈이었다(강지혜 시인도 살아남았다). 오랜만에 꾸는 꿈이었다. 살아남는. 올여름엔 제주에 가서 소설을 쓰다 와야지 소원했었다. 살아 있다고 느끼고 싶어서. 혼자가 되어서. 호에게는 미안하지만 나는 가끔 2인도 많다 생각하곤 한다. 사람에게 질리는 게 사람이고 질린 사람에게 구원을 구걸하는 게 또한 사람이니까. 나는 여러날 구걸하며 살았다. 걸인이 되어 사랑에 빠지는 모습을 떠올리면 세상에 두려운 것이 없다. 각설이 타령이나 신나게 부르고. 그러나 모두 물 건너간 것 같고.

슬픔의 새싹이 돋아나던 봄은 흘러갔다. 그 싹은 어떻게 되었나? 여름에는 둘이 걷다가 나무의 상부를 올려다보는 게 좋다. 깨닫게 되기 때문이다. 생은 사로, 사는 생으로. 이런 깨달음 끝에 꼭 싹을 짓밟는 사람이 있고, 싹을 틔우는 사람이 있는데, 당신은 어떤 쪽인가요? 알았어, 알았어. 당분간은 혼자서 술이나 마시고. 생각한다. 생각이 많아지면 결국 많은 생각이 똥이 된다. 똥은 숙변이 되고. 머리에 똥이 찬 사람으로 살기는 싫어서 밤마다 향유에 코를 대고 절한다. 비우게 하소서. 그러면 호는 내게 말한다. 취했으면 자라. 이런 게 가족이고 이런 게 부부가 아니면 뭐란 말인가. 나와 호는 이제, 아직, 없는 노부부를 산다. 생각했으면 쓰기로 하자. 안 쓰면 똥 되니까.

　　우리나라 속담 중에 검은 고양이 눈 감은 듯,이라는 게 있단다(최영건 소설가 인스타그램에서 봄). 검은 고양이가 눈을 떴는지 감았는지 얼른 보아 알기 어렵다는 뜻으로 경계가 뚜렷하지 않아 분간하기 어려움을 비유적으로 이르는 말이라고 한다. 아핏차퐁 위라세타쿤 감독의 「메모

리아」Memoria, 2021는 스코틀랜드인 여성이 콜롬비아를 여행하는 동안 이상한 소리를 듣게 되면서 벌어지는 이야기라고 한다. 개봉을 준비 중인 한 납량영화는 보지 않기로 마음먹었다. 제작에 참여한 감독이 자신의 영화 촬영 현장에서 스태프에게 얼마나 자주 폭력을 가했는지 들었기 때문이다. 오늘 오전 또다시 현대중공업에서 노동자가 추락해 사망하는 사고가 발생했다. 지난 십년간 사십명, 올해만 벌써 세명의 노동자가 현대중공업에서 목숨을 잃었다.

기대와는 다르게 쓸 수 있을 것 같다.

애초 이 글의 제목은 비정형 쓰기였다. 비정형 쓰기를 싹수로 바꿔치기 한 것은 지난 밤 천장을 보고 누워서 싹수를 생각했기 때문이다. 싹도 아닌 싹수. 싹수 옆에 쌍수. 싹수란 식물의 씨앗에서 제일 먼저 트이는 잎, (주로 '있다'나 '없다', '그르다' '보이다' 등과 함께 쓰여) 앞으로 성공하거나 잘될 것 같은 낌새나 징조를 뜻하는 단어. 쌍수란 오른손, 왼손. 양쪽 소매. 특히 두개 또는 한쌍의 것을 나타내는 수. 쌍꺼풀 수술의 은어. 석가가 열반에 들 때 그 사방에 한쌍씩 서 있던 나무. 석가는 싹수가 있는 녀석이었을까, 없는 녀석이었을까. 싹수가 노랗다,라는 관용구는 가능성이나 희망이 애초부터 보이지 않아 개선의 여지가 없다라는 뜻. 그 밤에 나는 번뇌의 싹수를 보았다. 감자에 싹이 나서 싹수가 나서 묵찌빠. 이 단락은 쓰기에 관한 것이다.

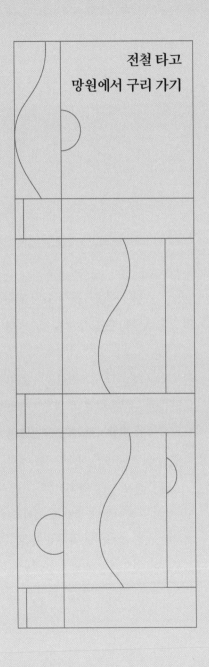

전철 타고
망원에서 구리 가기

'1999년 운전면허증 취득. 무사고 22년. 면허 따고 운전대 한번 잡아본 적 없음. 운전할 수 있고, 자차가 있다면…'

경의중앙선 열차 한대를 놓치고, 십분이 지나도록 오지 않는 다음 열차 도착 시각을 연신 확인하며 생각했다. 그런 생각 끄트머리엔 늘 먹고산다는 건. 은퇴란. 인생 2막. 전원에서의 생활이란. 효창공원역 승강장에 앉아 휴대전화로 역 일대 부동산 시세를 알아봤다.

요즘엔 심심할 때마다 전국 팔도의 집값을 (성심성의껏) 살펴본다. 사방에 홀릴 게 천지인데도 '내 집 마련'에 홀려서(그래도 주제는 파악하고 서울은 포기) 매매가 5억 이하 산간벽지의 분양 정보를 찾아서 보기에 이르렀다.

　　파주시 문산읍에 건립 예정인 동문 2차 디이스트의 분양가는 2억 6610~3억 8440. 중도금 대출 무이자. 비규제 지역 주택담보대출 70퍼센트 가능. 가평군 가평읍 힐스테이트 가평 더 뉴 클래스의 분양가는 2억 5400~3억 7900. 중도금 무이자. 비규제 주담대 70퍼센트. 계약금 10퍼센트 3790. 중도금 60퍼센트 2억 2740. 잔금 30퍼센트 1억 1370. 주담대 70퍼센트 2억 6천. 주담대로 중도금을 상환하고, 발코니 확장과 유상 옵션 몇가지를 끼면…

　　유튜브로 두 아파트의 84A 타입 견본주택을 비교해보면서 혼자서 두런두런 말을 주거니 받거니. 은행 빚 2억쯤이야 끼고 살 수 있지. 그럼. 요즘 같은 때 이만한 빚은 빚도 아니지. 투자 가치보단 이사 다니지 않아도 되는 내집. 호랑 나랑 둘이 사는 넓은 집. 가평이 구조가 더 잘 빠졌다. 가평에서 살려면 자차가 필수겠지. 그러고는 현대 캐스퍼 검색. 연옥이 알려준 운전 연수 일타 강사 류성덕님을 떠올리고. 연수받고 바로 '자차러' 된 연옥의 말. 선배, 선배도 할 수 있어. 그럼 또 할 수 있을 것 같고.

할 수 있을 것 같다.

　전원생활을 꿈꾸며 집 사고, 차 사고, 주중엔 수도권 원룸에서 출퇴근하고, 주말에는 가평에 내려가고, 호와 푸성귀가 가득 놓인 식탁에 마주 앉아 쌓아둔 이야기보따리를 풀고, 글을 쓰고(창밖으로 산도 강도 보이는 내 집 거실에 앉아 쓰는 글에는 또 어떤 정취가 담길 것인가), 친구들을 초대하고, 가끔 신세를 한탄하며 서울행 열차나 버스에 오르고, 울고. 대출금과 이자를 상환하며 사는 일. 정년까지 회사에 남아… 아니, 육십까지 서울에서 일할 건데 가평 아파트가 웬 말이야. 누가 물으면 대답할 수 있을 것 같다. 웃으며. 전생에 나라를 구해야 주말부부가 된다. 그럼 몇은 고갤 끄덕일 테고. 돈벼락을 염원해도 쪽팔리지 않게 될 것이다. 팔리는 책을 쓰자. 그런 책은 없고. 방송을 타는 수밖에. 그럼 방송 타게 해주세요. 상이 아니라 상금 받길 원합니다. 예전엔 창작기금을 받으면 일단, 이부터 갈아엎었는데. 휴가 내고 전철 타고 망원에서 구리까지 가는 것도 다 조금이라도 더 벌기 위해서. 이제는 강연이나 행사 섭외가

오면 무얼 하자는 건가 살피면서도 얼마를 받는지 힐끗힐끗 본다. 언젠가 어느 원로 작가가 한 말. 몸값은 자기가 올리는 것. 그분은 큰 거 두장이 아니면 움직이지 않는다고 당당히 말씀하셨다. 본받으며 살자. 당당해야 받을 건 받으면서 빚지고 산다.

강석희 소설가의 단편 「길을 건너려면」『우리는 우리의 최선을』, 창비교육 2021에는 영끌하여 6억 6700만원에 로열층 호수 뷰 아파트를 마련하는 예비부부가 등장한다. 소설의 마지막. 계약서 작성까지 끝내놓고 '나'는 이런 의문에 사로잡힌다. "(이제야) 남들 사는 것처럼 살게 됐다는 영주의 말이 생각났다. 남들처럼 살기, 그건 대체 뭘까." 당신과 함께라면 감자랑 고구만 먹고도 살 수 있다던 영주가 '나'에게 "지옥불 영끌" 매매를 제안한 이유는, 진실을 보았기 때문. 그 진실이란 "다들 쉽게 돈을 벌고 있어. 우리만 빼고"라는 말로 요약된다. 가수 최진희는 진실 하나에 운다고 노래했고, 나는 그 노랫말을 좋아해서 시에 가져다 적었다. 사랑의 미로가 곧 삶의 미로. 호는 가평의 아파트가 달갑지 않은 눈치다.

애원하며 살지 않으려고 해도 애원하며 산다. 누구나 그렇다. 아닌 척할 뿐. 지난 계절엔 선우정아의 노래「도망가자」를 자주 들었다. 잠시 어디로든 도망갔다가 씩씩하게 돌아오자고 속삭이는 노래를 들으며, 백은선 시인의 시「목화」『도움받는 기분』, 문학과지성사 2021를 종종 다시 찾아 읽고. 잠시 죽을래,라고 묻는 그 시를…

메모하기 시작했다.

효창공원역에서 출발한 경의중앙선 열차는 용산을 지나 이촌, 이촌을 지나 서빙고, 서빙고를 지나 한남, 한남을 지나 옥수, 옥수를 지나 응봉, 응봉을 지나 왕십리, 왕십리를 지나 청량리, 청량리를 지나 회기, 회기를 지나 중랑, 중랑을 지나 상봉, 상봉을 지나 망우, 망우를 지나 양원, 양원을 지나 구리에 도착한다.

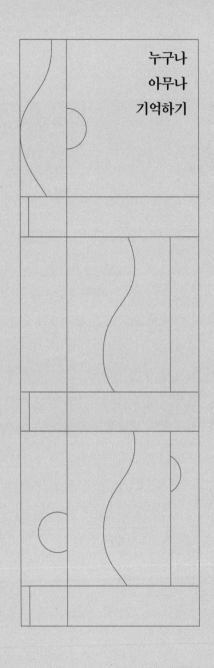

누구나
아무나
기억하기

나는 쓰고자 하면, 온종일 뭘 쓸지 고민한다기보다 종일에 걸쳐 쓰고 싶은 게 떠올라 고심하는 편이다. 가끔은 종일을 넘어, 잠결에도 쓰고 싶은 걸 생각하고(이쯤 되면 약간 병 같고), 메모하고, 다시 잠들지 못해 뒤척이며 머릿속으로 여러편의 글을 적어본다. 그럴 시간에 '일어나' 쓰겠다, 하는 사람도 있을 텐데… 나도 그런 기상을 생각 안 해본 건 아닌데, 그 순간 이런 생각이 따라붙는다. 무슨 부귀영화를, 출근도 해야 하는데, 지금 쓰기 시작하면 몇시간이나 쓰려나, 쓰다 말면 아니 쓴 것만 못하고, 다시 잠을 청해볼까, 아! 지금 이 상황을 글로 써보면 어떨까, 비전업 작가의 애환을 알아주세요, 징징대볼까, 그럼 어떤 사람은 일기는 일기장에 이러겠지, 일기 같은 걸 써놓으면 그게 일기인 줄 알고 말이야. 이런 몸통 없는 '꼬리 생각'들이 길어지면 애초에 쓰고 싶던 건 핸드폰 메모장에만 존재할 뿐이고 (그게 가슴을 갑갑하게 하고), 결국에는 바로 누워서 천장을 바라본다.

어둠 속에서 가만히 천장만 보고 있으면(괜히 복식호흡을 해보고, 숨이 숨길을 잘 찾아 숨결이 되는지 느껴보고, 죽은 듯 누워 있기도 어려운 한세상)… 나는 왜 사는 걸까? 무엇을 위해. 매일 새로운 아침을 맞이하고, 일하고, 먹고, 사랑하고, 소원하는 걸까? 써볼까, 궁리한다. 누구나 그런 건 아니라고 하는 사람도 있을 텐데… 나도 누구나 그렇지 않다는 건 아는데(입관을 체험하면서도 살고 싶다고 했던 사람이 또 나야 나), 누구나를 붙여 문장을 쓰면 누구나에 대해 더 생각해보게 되지 않나. 누구나 병을 앓고. 누구나 불면 속에서. 누구나 글을 쓰고. 누구나 작가가 된다. 누구나는 나구나도 되고, 너구나도 되고 그렇지만 아무나랑은 다르고. 아무나가 궁금하다. 한밤 잠 깨는 어떤 사람. 다시 잠들지 못하는 어떤 사람. 가만히 누워 입 다물고 있는 어떤 사람. 누구나를 생각하는 어떤 사람. 그런 사람에게 한상인,이라는 이름을 붙여준다. 제목은 가상기억.

누구나 돈을 주고 기억을 삽입하고 삭제할 수 있는 근미래. 연인 상인을 먼저 떠나보낸 동철은 상인과의 가상기억을 삽입하며 산다. 상인과 이룩하고 싶던 미래의 일들을 과거의 기억으로 삼던 동철은 점점 실제 기억과 가상기억을 혼동하기 시작하고, 어느 날 상인의 죽음을 삭제하기로 한다. 이후…

물어볼게요. 당신은 근미래에 어떻게 기억을 설계하시겠습니까(기억 삭제의 아이러니에 관해서는 영화 「이터널 선샤인」Eternal Sunshine, 2004을 참고해주세요).

이토록 천장을 보고 있으면, 천장을 종이 삼아 글을 쓰기 시작하면 꼬리에 꼬리를 물고 이어 쓰게 된다(누구나 그렇다. 왜냐면 인간은 상상의 동물로… 당연히 인간만 상상한다는 건 아니다. 우리 집 고양이 우가 '자동 기술 헤드셋'을 통해 쓴 소설이 있는데, 한 남성 작가가 창작 아카데미에서 만난 한 여성 습작생에게 콩트 대필을 시키는 내용. 알고 보니 그 콩트는 한 고양이의 머릿속에서 나온 것이고.

모든 사실이 밝혀졌는데도 한 남성은 여전히 쓰고 강의하고 심사하고, 한 여성은 '실체 없는' 고양이를 계속 찾는…). 이런 버전.

과학기술의 발전으로 누구나 간단히 기억을 삽입하고 삭제할 수 있게 된 미래. 대형 프로젝트 기획과 결산 자료를 동시에 준비하느라 수개월째 글을 쓰지 못한 비전업작가 석현은 어느 날, '어떤 기억'을 지운다. 그리고 쓴다. 온종일 뭘 쓸지 고민한다기보다 종일에 걸쳐 쓰고 싶은 게 떠올라 고심하는 편이다.

계속 이런 식으로.

죽은 연인 동철을 잊지 못해 동철과의 가상기억을 삽입하며 살아가는 상인. 어느 날, 기억설계사와 상담을 마친 상인은 여름휴가 동안 '기억 인큐베이터'에 들어가 기억을 재설계하기로 한다. 상인으로서가 아니라 동철로서 살기로 결심한 것이다. 상인의 친구 석현은 인생의 전환점을 맞이한 상인의 얘기를 소설로 쓴다.

음… 계속 이런 식으로… 누워 있으면 누구나

결국엔 일어난다.

물을 한잔 마시고, 터덜터덜 화장실에 들어가 소변보고, 양치하고, 샤워하고, 비건 밸런싱 토너로 피부결을 정돈하고, 유산균 한알, 홍삼농축액 한 스푼, 견과 한봉, 두유 한 팩, 집을 나선다. 엘리베이터 타고, 버스 타고, 전철 타고, 직장으로 가면서, 사람들을 관찰하면서, 열대야가 기승인데 간밤엔 잘들 주무셨나요, 혼자 말 걸면서, 인스타그램을 보고, 핸드폰 메모 앱을 켜고, 쓴다. 죽은 듯 누워 있기의 효능에 관하여(인스타에서 『자살에 관하여』_{사이먼 크리츨리 지음, 돌베개 2021}라는 책 광고를 본 김에).

1

지난밤, 동철은 누워 있었다. 도쿄올림픽 양궁 혼성전에서 금메달을 딴 김제덕이 "꿈에 뱀이 여러마리 나왔는데…"라고 말하던 모습을 생각하면서. 뱀꿈은 태몽이래,라고 누군가에게 들었던 것 같은데, 그게 누구였는지 도무지 기억나지 않아서, 기억해보려고 애쓰면서 천장을 바라보고 있었다.

2

누구나 써도 되지만, 아무나 쓰면 안 된다고 백날 얘기해도 그게 자기 얘긴 줄 모르는 작가가 있다. 이렇게 적고 나면 가장 먼저 찔리고 피 흘리는 게 나라는 걸 알지만. 찔려도 피 한방울 흘리지 않고, 어디서 어떻게 찔렸는지도 모르고, 상처엔 후시딘 하는, 작가님. 부디 자살하세요. 이런 식으로 써놓고 보잖아, 그럼, 이상하게 모두 철 지난 얘기처럼 느껴진다. 아직 피해자는 투쟁하고 있고. 이제부터 시작이라고 하던 게 불과 몇년 전 같은데. 동철은 자신의 이런 생각이 어떤 기억과 연관되어 있다고 느끼면서 누구에게 무슨 일이 일어났던 것일까를 기억하려고 애썼다.

3

2021년 7월 24일. 동철은 연일 이어지는 무더위와 진정될 기미가 보이지 않는 코로나 팬데믹 상황 속에서도 두 가지를 기억하기로 했다. 북치기. 박치기.

북치기.

서울시가 광화문광장에 설치된 '세월호 기억 및 안전 전시 공간'(기억 공간)을 철거하라고 통보하면서 유족들이 반발하고 나섰다. 서울시는 광화문광장 재구조화 공사로 해당 구조물을 철거해야 한다는 의견이지만, "기억 공간은 기억을 통해 무참한 참사와 진상 규명과 재발 방지를 강력히 희망하는 공간입니다." 유족들은 철거 전에 대안 공간 마련에 대한 논의가 우선이라는 입장이다.

7월 26일 서울시는 예고대로 기억 공간을 철거할까요? 한다면, '어떻게' 철거할까요? 지켜보고, 기록하고, 만나겠습니다.*

박치기.

7월 31일, 83번째 304낭독회 '함께 비누방울을 볼래' 가 온라인 304recital.tumblr.com 과 속초의 책방 '완벽한 날들'에서 열린다. 304낭독회는 세월호에서 돌아오지 못한 304명을

---

* 7월 27일, 세월호 유족은 기억공간을 '자진' 철거했다. 서울시는 유족 측이 구체적인 계획을 제시하면 협의를 이어가겠다는 소극적인 태도이다. 지켜보고, 기록하고, 만나는 것이 더 중요해졌다는 것이다.

기억하기 위해 작가와 시민들이 함께 만들어가는 낭독회
이다.

　천장을 보며 누워 있던 동철은 이 모든 게 어떤 기억
에서 비롯되었음을 떠올리려 애썼다. 그리고 마침내 한 사
람의 이름을 기억해냈다. 한상인. 이제 그게 누구인지, 자
신과 어떤 관계인지를 기억해내면 될 일이었다.

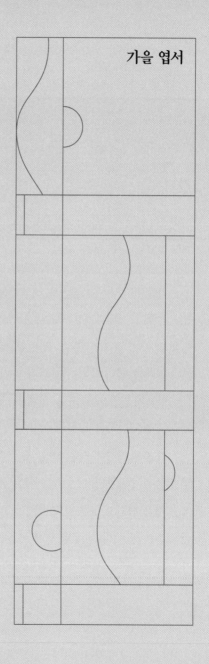

가을 엽서

가을이다,라는 문장으로 시작하는 글을 몇번 쓴 적이 있습니다. 그런데도 9월이 되니 자연스레 하늘을 보며, 바람을 맞으며, 걸으며, 홀로, 코와 입으로 숨을 크게 들이마셨다 내쉬며, 말하게 됩니다. 가을이다.

말하지 않으면 먼 가을, 말하면 가까운 가을.

가을에 엽서를 띄운 적 있고, 먼 데서 온 엽서를 받은 때도 있습니다. 띄워 보낸 엽서에는 정이 깊어지더랍니다, 라는 말을 적었고, 도착한 엽서에는 손글씨로 가지런히 적힌 이름. 가을이다,라는 말 뒤에 이름을 붙여 불러보면, 그 가을은 나에게서 시작해 너에게로, 가까이에서 먼 곳으로 흘러가는 가을.

　가을이에요. 고운씨.
　고3 담임을 맡고 고생이 많죠?

　가을,
　다른 계절보다 가을이라는 단어 뒤에 쉼표를 적어놓고 응시하면 저절로 후— 하고 숨을 밀어내게 됩니다. 그리고 그 뒤에 마음을 붙이면 어쩐지 마음을 가만히 쓰다듬는 기분.

　가을, 마음

　고운씨.
　저는 며칠 전 복희가 쓴 산문을 읽다가 오랫동안 잊고 있던 동요 「파란 마음 하얀 마음」을 소리 내어 불렀습니다. 우리들 마음에 빛이 있다면 여름엔 파랗고 겨울엔 하얄 거라는 노랫말 맨 끝에 깨끗한 마음,이라는 구질이 나옵니다.

깨끗한 마음이란 어떤 마음일까요. 그전에 가을의 마음은 어떤 색깔 마음일까요. 노란 마음. 빨간 마음. 가을, 마음이 물든다. 빛이 스미거나 옮아서 색깔이 변하는 마음. 물 든 마음. 아, 그래서 우리는 가을에 그렇게 마음을 들여다보는 거군요. 아, 그래서 우리는 가을에 출렁이는 거로군요. 아, 그래서 우리는 겨울에 가까이 다가갈수록 희미해지고, 바닥에 가까워지고 바람을 타고 멀리 날아가는 거군요. 아, 그래서 우리 마음은 깨끗해지는 걸까요?

얼마 전, 입시 상담과 자소서 첨삭을 하며 마음이 작아졌다는 고운씨 얘길 듣고 이런 허무맹랑한 이야기를 해주고 싶었습니다. 작은 마음의 창으로는 작은 빛이 들고, 큰 마음의 창으로는 큰 빛이 들지만, 두 마음 모두 다른 빛깔로 물들지요. 가을, 고운씨 마음에 빛이 있다면… 고운씨 아세요? 「파란 마음 하얀 마음」이라는 동요는 1956년, 전쟁 직후 거칠어진 어린이의 마음을 아름답고 씩씩하게 가꾸기 위하여 만들어진 '밝고 아름다운 노래'라는 것을.

가을에는 마음을 노래하는 것도 좋겠습니다. 저는 이

렇게 시작할 참입니다.

혼자 영화 보러 극장에 가다가 이런 말을 채집했습니다. 순면(장목 양말 한켤레에 천원).

가을이라는 계절에는 어떤 신비로운 힘이 있는 걸까요. 알 수 없으나, 가을의 순면에는 이런 의미를 부여하고 싶어졌습니다. 솔~솔 잠듦.

고운씨, 수시 접수 준비로 고단한 하루하루를 보내신 고3 담임 쌤들 오늘은 순면하세요.

추신.

추석(秋夕)입니다. 아니, 가을 저녁이지요.

이번 가을 저녁에는 달에게 인사하며, 바람을 만지며, 걸어나가며, 홀로인 채로, 숨 쉬며, 한번쯤 꼭 말하게 되길 바랍니다.

가을 저녁, 정이 깊어지더랍니다.

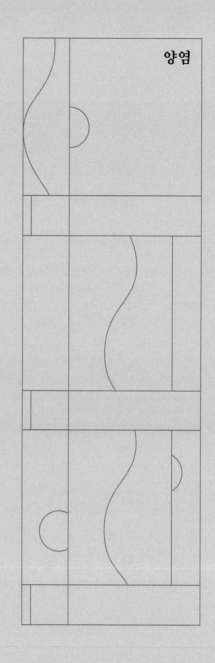

양염

고요히 한 생각 머물면

앞 강물도 지워지고

앞산 숲도 지워진다

너는 말없이 말하고

나는 들리지 않게 듣는다

— 강상기 「묵언(默言)」 부분

　　연로한 아버지를 모시고 수개월째 대학병원을 오가
고 있다. 아버지와 나는 차로 두시간이 채 걸리지 않는 곳
에 떨어져 살면서도 왕래를 거의 하지 않는 편이어서 이번

일을 계기로 부쩍 함께하는 시간이 길어졌다. 우리는 마주 앉아 밥 먹고, (툭툭 끊기는) 대화 나누고, 한집에서 잠이 들면서도 겉돌았다. 아버지와 나 사이에 무슨 대단한 사건이 있었던 건 아니다. 그저 서로의 인생을 살피는 데 어색함을 느낄 뿐. 남들처럼.

　아버지의 잠자리를 큰방에 마련하고, 작은방에 들어와 있노라면 어김없이 과묵한 아버지와 살갑지 않은 아들이라는 익숙한 이야기가 떠올랐다. 지난날 아버지의 삶을 어떻게 정의할 수 있을까. 자식은 어느 때에 이르러 이런 질문에 답할 수 있는 것일까. 아니 언제쯤 그 질문을 이해하게 되는 걸까. 언젠가 취기가 오른 아버지가 내 인생을 그대로 적으면 그게 소설이라고 말했을 때 나는 무심히 그렇지 않은 인생이 어딨겠냐고 대답했더랬다. 딴은 솔직하게. 그러나 그 말에는 약간의 적의가 담겨 있었다. 회한으로 점철된 가부장의 삶에 반감이 없는 아들이 있으랴. 그때의 나는 아버지의 인생과 내 인생이 크게 다르지 않을 거라는 사실을 알게 될까봐 방어적이었는지도 모른다. 또한,

아버지도 무서웠을 것이다. 아들에게 들려준 자신의 인생이 정말로 시시한 것이면 어쩌나 하고.

　나는 병든 아버지와 시간을 보내면서 그 어느 때보다 아버지의 모습을 입체적으로 보게 되었다. 아버지의 정면과 아버지의 측면과 아버지의 뒷모습. 내가 지켜봐온 것보다 아버지가 더 행복한 인생을 혹은 더 불운한 인생을 살고 있을 거라는 생각 끝에는 늘 아버지의 죽음이 기다리고 있었다.

　어둠 속에서, 병을 오래 앓아 가쁜 숨을 내쉬며 잠이 든 아버지와 한방에 누워 있노라면 가슴 한쪽이 뻐근해 쉬이 잠들지 못했다. 그 통증을 어쩌면 시라 부르는 것이기도 하리라. 아버지의 모습이 먼 훗날의 내 모습처럼 여겨지기도 했다. 그 밤. 요와 이불을 들고 작은방으로 건너와, 아버지가 자다 깨기를 반복하며 뒤척대는 소리를 귀 기울여 들으며 나는 "(아버지는) 말없이 말하고 (아들은) 들리지 않게 듣는다"라고 읊조려 보았다.

* 이 글은 강상기 시선집 『오월 아지랑이를 보다』미디어장비 2021에 수록된 졸고(해설)의 첫머리를 그대로 옮겨온 것이다. 당신이 이 책 어딘가에서 물방울과 티끌을 보게 된다면 그것의 발원지가 이곳이리라. 어린 날, 아버지 뒤를 졸졸 따라 논두렁을 걷다가 그만 발이 미끄러져서 넘어졌더랬다. 아버지는 아무것도 모르고, 뒤도 돌아보지 않고, 저만치 가시고. 나는 눈물을 그렁그렁 달고 진흙이 잔뜩 묻은 운동화를 벗어서 들고 아버지를 향해 뛰어갔는데, 걸어가는 아버지를 결코 따라잡지는 못했다. 맑은 봄날 햇빛이 강하게 쬘 때, 지면 부근에서 공기가 마치 투명한 불꽃과 같이 아른거리며 위쪽으로 올라가는 것처럼 보이는 현상을 일러 아지랑이라 하고, 그 아지랑이를 양염이라고 달리 부르기도 한다. 또한, 그 양염을 연애라고 부르기도 하고, 연애라는 말은 물방울과 티끌이라는 뜻으로, 아주 직은 깃을 이르는 밀이기도 하다.

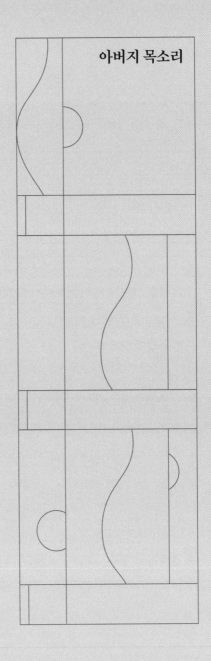

아버지 목소리

꿈을 꿨다. 아버지는 보이지 않고 아버지 목소리를 들었다. 말을 기억하고 싶어서, 다시 쓰고 싶어서 잠결에 핸드폰을 들고 적어두었다.

꾸메(꿈에)

아버지누 낭 . 지 ㅇ ..ㄴ고(아버지는 나오지 않고)
아버지가 했던(아버지가 했던 말)

우리가족은못생겼는ㄷ ㄴ 기너라도있어다쌩이다(우리 가족은 못생겼는데 너라도 예뻐서 다행이다)

아버지에게 전화해 나라도 예뻐서 다행이라는 말이 무슨 뜻이냐고 물으려다 말았다. 아버지 생신은 낼모레이고, 나는 이제 남이 태어난 날에 감흥이 일지 않는다. 아버지도 남이다. 마음은 아닐지라도 종종 그리 생각해야 가족을 버려야 할 때 쉽게 버린다. 가족의 행복보다 소중한 건 내 행복. 그런데도 나는 아버지를 사랑으로 감싸야지, 이따금 아버지의 하루를 머릿속에 그려보며 가엾어 눈물 흘린다. 그럴 때면 호는 갱년기다, 갱년기 그러고. 노쇠한 것을 보면 누구나 아무렴 그렇지. 나는 말하고. 나이 든 개나 고양이나 마소, 낡은 냉장고와 세탁기 같은 걸 봐도.

어제는 노쇠한 로봇청소기가 커튼 뒤에서 빠져나오지 못하는 걸 말없이 지켜보는 사람이 나타나는 시를 썼다. 9월 1일은 한국 여성인권운동사를 기리는 법정기념일 '여권통문의 날'이다. 1898년 9월 1일, 삼백여명의 여성이 연대해 쓴 국내 최초 여성인권선언문 '여권통문'에는 여성도 정치에 참여하고, 경제적으로 자립해야 하며, 가사노동은 여성의 운명이 아니라는 선언이 담겼다. 그는 이러한 여성의 기상에 힘입어 해방되기 위하여 로봇청소기를 '반려기계'로 여기고 아끼며 애정을 쏟는다. 기계에 의존하고 기계에 돌봄 받으며 사는 나는 오래된 기계류를 살펴보다가 플러스마이너스 무선 청소기로 인해 생활의 질이 높아졌음을 상기했다. 최신형 로봇청소기를 한대 살까. 그렇지만 우리 집이 그런 집이 아니지, 하며 직방을 열어 매물을 검색해보았다. 검암역 풍림아이원 2차는 2개월 사이 또 6천이 올랐다. 투기과열지구,라는 말이 붙으면 집값은 뛰고. 차기 대선주자들이 신혼부부, 청년을 위한답시고 우르르 쏟아내는 부동산 정책들을 보면서 나와 호도 청년이었으면, 신혼부부가 될 수 있다면, 지역 검색창에 강릉을 입력해보았다. 30평대 브랜드 아파트가 3억 초중반. 탈서울 하여 집 한채 사고, 서울에선 월세 살며 직장생활을 이어간다. 이런 계획을 상기하다보면 은근히 향수에 젖는다. 아버지, 어머니, 누나, 이모의 자식 둘, 여섯 식구가 모여 살던 현대연립. 실평수가 스무평도 되지 않았던 집. 그 집에 살며, 살아서, 내 부모는 '일종의 시대적 혜택'을 입지 못했다. 최근 시대적 혜택을 입고자 은행 빚을 수억씩 지고 내 집 마련에 성공한 친구들에게 하고 싶은 말. 이 악물고 버텨서 나중에 반드시 시대적 혜택이라는 말을 스스럼없이 하는 부모가 되자.

현대연립 2층에 살 때 아버지는 지금의 내 나이와 비슷했고, 강건했다. 그런 아버지가 월급날마다 사다 준 원주통닭. 그 조각 내 잘 튀긴 닭을 먹으려고 예쁜 짓도 많이 했다. 아버지 안 볼 때만 원피스 입고 화장하고 구두 신고 거울 앞에 서고. 진짜 더 예쁜 짓은 들킨 적이 없다는 것.

들키지 않는다. 이게 인생 신조인 사람도 여럿 봤다. 들키지 않으려고 매사 입에 다감한 말을 달고 다니는 사람도 그중 하나. 그런 사람을 보면 속으로 말 건다. 그러게 어린 나이에 좀 들키고 살지. 나한테 하는 말처럼. 어릴 때 들키고 살았더라면 어땠을까. 아마도 정신병 환자 취급받고 전환 치료를 위해 이곳저곳을 전전하다 콱!

…그러니까 행여 들키더라도 하하 호호 웃을(그러며 이 악물) 미래 세대를 생각해서라도 거, 차별금지법, 생활동반자법 제정 좀 합시다. 뭐가 그렇게 무서워서. 물론 이런 사례가 있긴 함. 1999년 프랑스는 시민연대계약 pacte civil *de solidarité,* 팍스을 도입했다. 팍스는 결혼하지 않아도 법적·제도적으로 차별받지 않고, 자유롭게 동거하며 아이를 낳아 기르는 등 부부에 따르는 사회적 보장을 받을 수 있는 시민 결합 제도이다. 애초 이 제도는 동성 커플의 법적 결합 인정을 위한 것이었으나, 신청자의 90퍼센트 이상이 이성애자 커플이다.

2021년 8월, 용혜인 의원은 생활동반자법 제정을 위한 '가족, 결혼을 넘다'라는 토론회를 개최했다. 그는 국가가 청년→신혼부부→아동이라는 특정한 생애 코스를 기반으로 복지제도를 설계하고 있음을 비판하며 "혈연·혼인 여부와 상관없이 동성 커플, 동거하며 서로를 돌보는 노년층 등 모든 동반자 관계의 권리가 인정되어야 한다"라고 말했다.

얼마 전 호는 연인이라는 사실을 오랫동안 숨기고 살아온 나이 든 레즈비언들의 삶을 다룬 영화 「우리, 둘」2019을 보고 나서 말했다. 요즘 시대가 어느 시댄데. 이 영화가 이삼십년 전에 나왔다면 지금보다 더 좋은 평을 해줬을 테지만… 내가 말했다. 저거 우리 얘기 같은데.

부모 없이 자란 아버지는 사랑하는 이와 혼인하고 가정을 꾸리고 자식 둘을 길렀다. 정년까지 일했다. 이제 어머니와 따로 잠자리에 들고 밤마다 숨 쉬기가 곤란해 잠을 설치고. 명절에는 자식의 두 손을 부여잡고 울음을 터뜨리기도 하고. 사과할 줄 아는 노인이 되었다. 남이라면 대단하다고 여겼을 텐데. 나는 아버지가 되고 싶지 않다. 아버지로 살 자신이 없어서. 그렇게 아버지가 된다,라고 말해주는 이도 있으나. 아버지가 나오지 않은 꿈 때문에 추석에는 고향에 다녀올까 싶어 보건소에 가서 코로나바이러스 검사를 받았다. 검사원이 면봉을 콧속 깊숙이 넣었다 빼자 눈물이 핑 돌았다. 뭘 뚫긴 뚫었구나. 뚫렸구나. 귀가하면서 흥얼거렸다. 아버지가 자주 부르던 노래, 「둥지」. 아버지가 더 노쇠하기 전에 아버지를 예뻐해야지. 아버지라도 예뻐서 다행이라고 말해주면서. 아버지에게 목소리를 들려주고. 내가 오래전부터 가족을 이뤄 지내고 있다고 말한다면 아버지는 나를 예뻐해주시겠지. 아무래도 이런 생각은 유치하고.

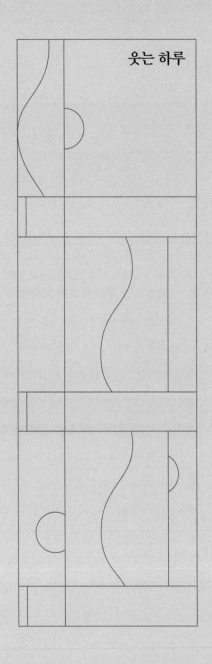

웃는 하루

그런 하루를 보내고자 거울을 보며 부러 스마일, 김치, 해보는 사람의 아침을 새벽부터 떠올려보다가(꿈 때문이다. 꿈에서 어머니는 먼 친척에게 속아 곧 용암이 분출될 돌산을 사고 아버지는 그 돌산의 꼭대기에서 흙먼지를 뒤집어쓰고 있고. 그 회색빛 얼굴은 금방 울 듯하고. 속아서 우는 건지, 속이기 위해 우는 건지 알 수 없는 그 얼굴을 나는 물끄러미 올려다보다가…) 화장실 한쪽에 놓아둔 시집을 보니 제목이 '울려고 일어난 겁니다'^{김경후 지음. 문학과지성사} ²⁰²¹이고. 웃으려고 일어나는 것보다 울려고 일어나는 것이 더 시적인 걸까. 인간의 생애를 축약하면 역시 웃음보단 울음인가. 그래서 그렇게 인간은 누구나 서너번쯤은 몰래 숨

어서 울고. 여기까지 쓰고,

　　부고 문자를 받았다.

　　"1988년부터 33년 동안 여성폭력 없는 세상을 위해 함께해온 여성인권운동가 이문자 선생님께서 8월 2일 별세하셨습니다. 한국여성의전화 상담 자원 활동으로 시작해 여성인권상담소 소장, 여성의전화 대표, 전국가정폭력상담소·보호시설협의회 공동대표 등을 역임하며, 폭력 피해 여성들과 함께 세상의 변화를 이끌어온 선생님의 뜻을 이어가겠습니다. 현장의 힘이 있었기에 살아갈 수 있었다던 선생님, 잊지 않겠습니다."

　　1943년 3월 18일에 오고 2021년 8월 2일에 가다.

　　인간의 생애를 축약하면 역시…

　　코로나19로 인한 사회적 거리두기 4단계에 따라 조문 인원에 제한이 있으며, 오늘 저녁 8시 온라인 추모식이 예정되어 있다는 장례 안내. 줌 링크가 적혀 있었다. 지난주에는 친한 이들과 화상으로 대면하며 생존을 확인하였는데, 오늘은 화상으로 대면하며 죽음을 확인하게 되는구

나. 온라인에 마련된 추모공간에 들어가 사진, 영상과 함께 정리된 이문자님의 자취를 살펴보노라니 역시 웃음보다는 울음이 생의 근원에 맞닿아 있다는 생각. 부러 그런 생각. 울려고 일어난 겁니다,라는 구절이 적힌 시의 제목은 마침 '저만치 여기 있네'이고. 저만치 여기라는 이상한 말을 가만히 곱씹어보면 이해가 된다. 생이라든가. 사라든가. 당신이라든가. 나라든가. 울려고 일어나는 일. 우는 하루.

　　그런 하루를 보내고자 거울을 보며 부러 울상을 짓는 이도 있을까. 내가 아는 사람 중에 그럴 것 같은 사람이 있긴 있다. 그 사람을 보면 안아주고 싶고, 기대고 싶고, 같이 도망가고 싶지만. 그런 사람은 절대 도망가지 않는다. 왜냐하면, 알거든. 자기 때문에 불행할 거라는 사실. 그런 사람의 꿈에는 분명 그 자신이 등장해 그 자신을 관찰하고. 물어본다. 속을래, 속일래.

　　언젠가 한 무용 워크숍에서 '내 몸 바라보기'를 훈련한 적이 있는데, 바닥에 누워 눈 감고 이제 쇄골이 열리는 걸 느낍니다, 정수리가 열리고, 내 몸이 보입니다, 강사의 말에 홀려야 되는 일. 그날 이후로 단 한번도 그런 호흡으로써 유체이탈을 경험한 적 없는데, 그날 그 홀림이 두고두고 잊히지 않는 이유는 그게 죽음인가 싶어서. 그런 게 죽음이라면 뭐 나쁘지 않네 싶어서. 그런 걸 글로 쓰고, 시로 쓰고. 그런 소리, 까부는 거지. 살아 있으므로. 죽어서는 못 까부니까. 살아 있을 때, 죽음이 어쩌고 영혼이 저쩌고 불멸이니 영원이니 막 까부는 거야. 까불다 큰코다친다. 인생은. 나이를 먹는다는 것은 큰코다치기 위해 일어나야 하는 하루가 하나둘씩 더 늘어난다는 것. 다시. 나이를 먹는다는 것은 울기 위해 일어나야 하는 하루가 하나둘씩 더 늘어난다는 것. 그러니 허투루 살아라, 청춘이여(아프니까 청춘이라는 말보다는 낫지?). 이렇게 쓰면 아재인가 꼰대인가. 언젠가 시에는 썼지. 아재도 꼰대도 되지 않는 법, 닥쳐.

그러나 폭력 피해 여성 없는 세상을 꿈꿨던 이문자님의 자취에 마음이 동하여 그가 일흔살에 남긴 이런 말을 몇번씩 되뇌어보는 하루.

아무것도 모르고 발을 디뎠고, 지금까지 한눈팔지 않았다.

인간의 생애를 추약하면 역시…

지하철에서 이어폰도 끼지 않고 나훈아의 「테스형!」을 듣는 노인을 보았다. 한눈파는 노인일세. 소크라테스를 형이라고 부르며 인생과 사랑, 그리고 흐르는 시간과 세월에 관한 고민을 털어놓는 노래를 따라 부르며 그는 어디로 가는 것일까. 그게 다 자취가 되는 줄도 모르고. 누구나 결국은 저처럼 산다. 욕하면서 욕먹으면서. 자기를 탓하면서 사는 것도 인간이 터득할 일. 자기를 탓하는 하루.

그런 하루를 보냈다.

사무실 서랍장 위에 놓아둔 화병에는 마른 장미 한송이와 강아지풀 두줄기가 꽂혀 있고.

온라인 추모식에 참석했다. 시를 읽었다. 그 추모시는 9년 전 이문자님의 고희연에서 읽었던 축시. 생일 축하 시를 추모식에서 읽게 될 줄은 몰랐는데, 읽다보니 그건 사실 너무 일찍 읽은 추모시였던 것이고. 그 시의 제목은 '우리가 다시 우정을 시작하게 된다면'이고. 웃으면서 읽어야지 했는데… 역시 인생은.

언젠가

내 얼굴이 나의 얼굴을 내려다보게 될 때

나는 내게 묻게 되리

봄이 저 멀리 아득해지는 이유를

여름이 콸콸 쏟아지는 이유를

가을은 어디까지 떨어져 내리는가

겨울은 왜 마음을 쌓아 올리는가

아무런 대답도 듣지 못하리

나는 살아왔으므로

이유도 모르고 살아왔으므로

(…)

살아 있다는 것

신이 결코 일 수 없는 깃

신이 한번도 경험하지 못한 것

그것이 인간의 가장 불행한 것

그것이 인간의 가장 행복한 것

친구들

그대들이 나의 얼굴을 바라보며 빛을 채워주는 날

작고 따뜻한 손으로 내게 말 걸어주시오

우리는 평화로운 영혼임을

우리는 확신에 찬 신념임을

우리는 다정한 우정임을

우리는 우리의 삶을 이루고 있음을

그리하여

언젠가 내 얼굴이 나의 얼굴을 바라보게 될 때

우리는 우리들의 곁에서 다시

첫 우정의 말을 시작할 것이니

고맙소, 친구들이여

그리고 어쨌든 웃는 하루.

홍삼 부자가 됐다.

어머니가 짜 먹는 홍삼 한 박스를 보내시겠다길래, 삼십포 한 상자인 줄 알고, 그러세요 했는데 말 그대로 여섯 상자 한 박스를 택배로 보내왔다.

"아니, 삼시 세끼 홍삼만 먹으라는 건가?"

"그거 뭐 한포씩 먹으면 금방 먹지."

뭐든 먹으면 금방 먹는다고 말하는 고향 집 어머니의 말씀.

그런 하루를 보내고자 거울을 보며 부러 스마일, 김치, 세끼 해보았다는 말씀.

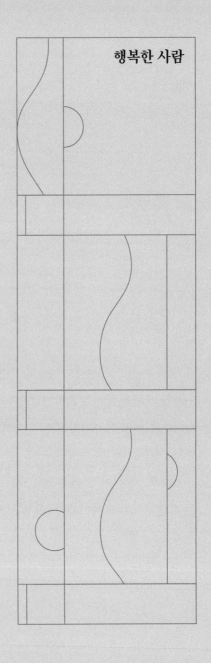

행복한 사람

행복에도 크기가 있을까?

　행복에 관해 자주 생각하는 요즘이다. 크고 무거운 행복이 아니라 작고 가벼워서 어디든 들고 갈 수 있고, 언제든 버릴 수 있고, 누구와도 나눌 수 있는 행복. 시시한 생각이지만, 창문을 활짝 열고 방바닥에 누운 채 생각에 생각을 잇다보면 '이거 꽤 행복한걸' 하고 어깨를 으쓱하게 되기도 한다. 행복을 생각하는 것만으로도 행복에 이르노니. 엄청 근엄하게 말한다면, 그런 주제를 담은 무수한 글들처럼 듣는 사람의 맥이 탁 빠지겠지? 하지만 맥 빠지는 행복도, 있을 수 있는 행복.

어젯밤에는 잠을 깊이 잤다(행복). 가벼운 몸으로 시원한 물 한잔을 마시며, 햇볕에 바짝 말려 보송보송한 수건에 얼굴을 닦으며 행복했다. 새벽에 흩뿌린 비 덕분에 맑음이 한결 더 마음에 스미는 날씨. 출근하면서 올려다본 초록 나뭇잎들과 지하철에서 읽은 시집 덕분에 행복했다. 사방이 파티션으로 둘러싸인 동료들과 견주면 창가 바로 옆자리에 앉은 나는 행복한 사람. 일하다가 잠시 고개를 돌려 '아, 볕이 좋구나' '우울한 봄비네' '나뭇가지가 저리 흔들리는 걸 보니 바람이 강한가보네' 하고 자신의 마음을 날씨에 비추어볼 수 있음은 누구나 누릴 수 없는 사무 생활의 행복이고.

손을 씻으면서는 (월요일이라는 것도 잊고) 절로 콧노래를 불렀다. 주말에 마침 덥수룩했던 머리카락을 다듬은 터라 괜히 말끔한 사회 초년생으로 돌아간 것 같은 기분. 거울 속 자신에게서 싱그러움을 찾기도 했다. 월요일 아침에 싱그럽기란 그리 쉬운 일이 아니다.

점심에는 부재중전화 한통. 불현듯 자개로 꾸민 경대 앞에 앉아 파마머리에 한껏 볼륨을 넣어주며 "오늘은 드라

이가 잘 먹네" 하고 웃던 젊을 적 영희씨가, 칠순을 바라보는 어머니의 얼굴이 떠올랐다. 부모가 아직 건강하게 살아 있다는 사실은 잊은 채로 지내다가 새삼 깨치는 행복 중 하나.

지난 일요일에는 부고를 받았다.

살아 있다는 행복을 느꼈던 한 사람이 홀연히 떠났음을 알리는 문자 메시지에는 이런 문구가 덧붙어 있었다.

'코로나19로 인해 조문은 정중히 사양합니다.'

사양이라는 단어에는 여러 뜻이 있다.

겸손하여 응하지 않거나 받지 않음. 또는 남에게 양보함. 물품을 만들 때 필요한 설계 규정이나 제조 방법. 짐승을 먹여 기름. 사냥의 방언. 새로 나타나는 것에 밀려서 낡은 것이 점점 몰락하여 가는 것을 비유적으로 이르는 말. 그리고 해 질 무렵에 비스듬히 비치는 햇빛.

이런 식으로 활용할 수 있다.

그는 잠든 아버지의 얼굴에 비친 사양을 보며 오늘 저녁상엔 지난봄에 담가둔 살구주를 올려야겠다고 마음먹었다.

잠든 부모의 얼굴을 유심히 들여다본 자식이 몇이나 있을까? 나는 그런 아버지의 얼굴을 제대로 본 적이 없다. 세상에 대한 기대도, 적의도 잠시 내려놓은 얼굴을 보면 어쩐지 우울함을 느끼리라 추측했다. '아버지의 얼굴'을 알게 될까봐, '자식의 얼굴'을 들켜버리는 건 아닐까 염려했다. 철부지 때의 생각이다. 지금은 잠든 부모의 얼굴을 들여다보는 일쯤은 껌이지, 하면서도 막상 실행으로 옮기지 못하는 겁쟁이. 자식들은 '그때 부모의 나이'가 되는 경험을 통과하며 차츰 부모의 삶을 이해하게 된다. 부모의 삶을 이해한다는 건 결국 자식(나)의 삶을 설명할 수 있게 된다는 것. 마흔이 되고 보니 그때 마흔의 부모란 애송이. 칠순이 되어 (이제 여기 없는) 그때 칠순의 부모를 되돌아보면서 나는 내 어떤 면을 어렴풋하게나마 짐작하게 될까.

지난해 아버지를 여의고 부쩍 철이 든 친구는 부모 살아 계실 적에 자주 찾아뵈라고 맥이 빠지는 소리를 수시로 하였다. 그때마다 그의 눈매는 깊어졌다. 울어버리는 사람보다는 울음을 참는 사람의 수심이 더 아득한 법이니까.

아, 죽음은 분명 작고 가벼운 행복은 아닌 것 같고.

그러나 조문하고 돌아 나올 땐 누구나 살아 있을 때 소박한 행복을 누리자고 다짐하고.

"저는 이제 삶을 정중히 사양합니다"라는 유언을 남기며 이른 나이에 스스로 목숨을 끊은 소설가도 있지만, 나는 사랑을 갈구하고 병중에도 쓰기 위해 고통을 견디었던 (더는 여기 없는) 소설가에게서 더 많은 위안을 얻는다. 그런 이가 쓴 글을 읽으면 자연히 묻게 된다. 아침 새들의 지저귐은 어쩜 저리도 경쾌할까. 잠시 귀를 열어 매일 들을 수 있었으나 듣지 못했던 소리를 듣는 일로도 행복은 계속된다.

봄이면 이소라의 「눈썹달」2004 앨범을 자주 찾아 듣는다. 종일 그대 생각뿐이라는 가사로 시작하는 노래를 흥얼거리며 다니고. 얼마 전엔 동료들에게 술잔을 건네며 내가 그만둘 때까진 회사를 그만두지 말라고 했다. 그후로 나는 가끔 출퇴근이 없는 삶에 관해 구상한다. 인생 2막에 대해 자주 고민하는 동료를 볼 때면 '탈서울'을 떠올리고, 그러면 서울 떠나 속초나 제주에 가 사는 친구들이 그리워, 안부를 전한다.

이런 봄은 매해 어김없이 돌아오는데 이번엔 생동하는 만물(무엇보다 새싹과 꽃망울)에 경탄하면서도 인류의 종말을 상상했다. 전염성이 강한 질병은 우리의 문명이 자연 앞에선 하찮은 것임을, 인간이란 본디 자연의 설계에 포함된 것임을 일깨워줬다. 그런 염려와 성찰 속에서 홀로, 한밤에, 음악을 듣고, 그림을 보고, 시를 읽었다.

페르메이르J. Vermeer의 그림 「우유를 따르는 여인」1658은 단지에서 그릇으로, 하루 또 하루 우유를 따르는 노동이, 삶이 빛나는 것임을 구체적으로 보여준다. 시인 쉼보르스카W. Szymborska는 짧은 시 「페르메이르」에서 예술을 통해 얻는 감동이 강력한 희망임을 전한다.

먼 훗날 언젠가 최후의 인간이 마주하는 페르메이르의 그림, 쉼보르스카의 시, 이소라의 노래는 그에게 어떤 생존의 근거를 전해줄까. 혹시 한방울의 눈물은 아닐까. 봄에는 누구나 자주 감격한다. 희망적인 사람이 된다는 것이다.

아, 산다는 건 분명히 죽음보다는 작고 가벼운 행복.

퇴근길 마을버스에서 행복한 사람의 얼굴을 보았다. 양복 차림의 그이 손에는 처갓집양념통닭이라는 상호가 적힌 흰 봉지가 들려 있었다. 마스크를 뚫고 들어오는 갓 튀긴 통닭 냄새 때문에 버스에 있던 여러 사람이(어쩌면 나 혼자) 행복했다. 행복한 사람은 남도 행복하게 해준다고 엄청 진지하게 말한다면 맥이 풀리려나? 답답한 마스크를 벗고 '1인 1치맥' 하며 넷플릭스를 시청하는 사람의 해맑은 얼굴은 보지 않아도 잘 알 것만 같고, (입술도 가지런할 것처럼 보이는) 쌍꺼풀이 없는 담백한 눈매의 그이는 조용히 말하고 있는 듯했다.

행복을 생각하는 것만으로도 행복에 이르노니. 탁!

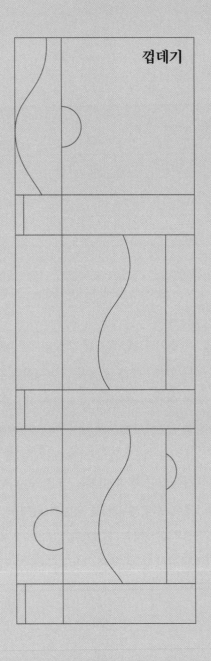

껍데기

물건에 할애하는 마음에도 넓이라는 게 있다면 나는 대체로 '첫 마음'을 넓게 잡는 사람이다. 물건을 가졌다는 즐거움보단 물건을 갖게 된다는 데에서 더 큰 즐거움을 느낀다고 할까. 물건에 대한 애착이 강하지 않은 탓에 나는 여행지에서 매번 호들갑스럽게 산 아기자기한 소품들을 잡동사니 상자에 담아두길 어려워하지 않고, 새로 산 안경이나 카드지갑 심지어 휴대전화를 잃어버려놓고도 한참을 모른 채로 지낸다. 사라졌구나, 알아챈 뒤에도 찾으면 좋고 못 찾아도 어쩔 수 없지, 하며 나 자신을 너그러이 타이른다. 언제부터 그랬나, 하고 어린 시절을 떠올리면 물건을 아낄 줄 모른다며 어머니에게 등짝을 여러번 맞았던 기억. 그때마다 항변했다. 물건을 아끼지 않는 게 아니고 물건에 미련이 없는 거예요(말하면 어머니는 눈을 흘겼고), 제가 물건을 잃어버린 게 아니라 물건이 저를 잃어버린 걸 수도 있잖아요(라는 말까지 덧붙이면 등짝에 다시 불이 붙었다).

대학 졸업 후엔 영세한 회사에 다니며 '서울살이'를 해야 했기에 물건을 잘 사들이지 않았다. 주의를 기울여 관리해야 할 만한 물건 역시 장만하지 못했다. 궁색한 형편이었다. 몇번 쓰고 버리면 그만인 주방도구를 사용했고, 한철이 지나면 목이 늘어나거나 변색하던 옷들을 입었다. 개성 있는 소품으로 꾸미는 홈인테리어 같은 건 남의 집 얘기였다.

읽는 것을 좋아해서 월급의 일정액을 책과 책장을 마련하는 데 썼지만, 장마철이면 MDF로 만든 저렴한 책장엔 금세 곰팡이가 폈고, 책들은 무덤이 되어 필요한 책 한권을 찾기 위해선 수십권의 책을 뒤엎어야 했다. 이사 때는 책이 사람을 잡았다. 책을 귀하게 여기는 마음과는 별개로 책이라는 물건(상품)에 쉬이 정이 가진 않았다.

지하에서 반지하로 반지하에서 지상으로 거처를 옮기면서(연애를 시작하면서) 살림의 규모도 차츰 변했다. 밥그릇, 국그릇, 면기, 수저 같은 용품들이 하나둘 늘어났다. 양초와 와인 잔이 필요한 순간도 찾아왔다. 중고로 산 가전제품들은 차례를 정해놓은 듯 고장이 났다. 온라인으로 세탁기와 냉장고를 사기 위해 진열 상품과 새 상품의 가격을 비교하다보면 자연히 낮은 가격순으로 상품을 정렬했다. 값싼 물건에는 값싼 값어치가 있고 값비싼 물건에는 값비싼 값어치가 있다 해도 값비싼 물건 앞에선 일순 마음새가 달라졌다. 그때 물건은 일정한 형체를 갖춘 물질적 대상일 뿐만 아니라 다양한 감정의 복합체였다. 더욱이 '집'이라는 물건은 의식주를 해결하는 선명한 물리적 공간인 척하는, 손에 잡힐 듯 잡히지 않는 신기루에 가까웠다. 눈 깜짝하는 사이에 계약 만료 기간이 돌아왔고, 2년마다 통장 잔고는 0이 되었다. 집을 어떻게 채울까보다 집을 어떻게 비울까를 더 많이 계산했다.

그런 시절과 생활 속에서 내가 잠시라도 물건에 담긴 뜻을 헤아려볼 수 있었던 건 내 돈을 주고 산 물건이 아니라 남이 (보내)준 물건 때문이었다.

부모가 보내온 택배 상자에 담긴 열무김치, 미숫가루, 햇참깨로 짠 기름, 들기름을 발라 구운 김 같은 것들, 자신이 사무실에서 키우던 거라며(처치 곤란이라며) 친구가 건넨 고무나무 화분, 연인과 하나씩 나눠 가진 커플 열쇠고리, 밀린 급여와 퇴직금 대신 받은 자동카메라. 내가 아니라 타인으로부터 시작된 물건을 통해 나는 상품으로서가 아니라 비(非)상품으로서의 물건, 물건을 주거나 받는 마음, 값어치로 환원할 수 없는 물건의 가치 같은 것들에 관해 종종 궁리했다. 물건에 담긴 타인의 언어를 해석하는 데에서 오는 즐거움은 물건을 물건으로만 보는 나를 잠시 다른 차원의 집으로 이동시켰다. 그 물건들은 오래지 않아 모두 사라졌지만, 그때의 질문, 사고, 상상을 원동력으로 삼아 쓴 글들은 남아 있다.

최근에 두 사람에게서 '껍데기'를 선물로 받았다.

한 사람은 베트남 나트랑 해변에서 주워 온 하얀색 조개껍데기를, 다른 한 사람은 삶아 먹고 남은 뿔소라 껍데기에 리본을 매달아 주었다.

타인을 세심히 관찰하고, 타인의 언어를 경청하며 글을 쓰는 데 익숙한 E는 선물을 건네며 "다른 사람은 모르겠는데, 현은 껍데기를 껍데기로 여기지 않을 것 같았어요"라고 말했다. 그이는 나에게서 어떤 나를 발견한 것일까. 나도 듣지 못하는 마음의 소리를 그가 들은 건 아닐까. E에게서 받은 조개껍데기를 한밤의 책상 위에 올려두고 보다가 불현듯 울어버렸다. 그가 내게서 본 것이 혹시 슬픔의 알맹이는 아닐까, 기쁨의 껍데기는 아닐까, 하는 느낌이 들어서였다. 타인의 슬픔을 존중할 줄 알고 위로를 적당한 무기가 아니라 최선의 방패로 여길 줄 아는 E라면… E의 물건, E가 전해온 언어, E에게 연결된 마음 때문에 나는 이러한 물음과 마주 앉아 있었다.

껍데기에는 알맹이가 없는가.

뿔소라 껍데기를 전해준 P는 자신 안으로 밀려왔다가 밀려가고 다시 밀려오는 감정의 파도를 사랑과 영혼의 대화라고 적을 줄 아는 시인이다. 죽음이 근린공원 벤치 아래에 있고, 일요일의 묘지에 사랑이, 눈송이가 녹을 때 작별이 시작된다는 사실(!)을 세상에 단 하나뿐인 문장으로 표현하는 사람. 한번은 초록 숲과 황새가 나오는 P의 꿈에 내가 등장해서 나는 P로부터 근사한 예언을 들었다. 뿔소라 껍데기는 그 꿈과 예언의 연속선상에 있었다. P는 말했다. "너와 네 짝꿍의 행복을 축원할게." 뿔이 난 소라, 껍데기에는 나는 모르는, (어쩌면) P도 모르는, 오로지 꿈을 꾸는 시인만이 알 수 있는 메시지가 함유해 있는 거구나, 나는 믿었다. 그 메시지를 해석하기 위해 껍데기에 귀를 대보고 (파도 소리) 눈을 대보고(어두워요!) 입술을 대보고(진실을 말하죠) 시를 썼다.

생각해보면 나는 자발적으로 물건을 사는 연습이 아니라 타인에게 물건을 받는 수련을 통해 물건의 의미, 타인의 의미, 삶의 의미를 헤아리는, 쓰려는 사람으로 또한 자라온 게 아닌가 싶다.

이제 나는 물건에 대한 '끝 마음'이 점점 더 넓어지는 사람이 돼가고 있다. 요즘은 타인에게 말 걸기 위해 기쁨이 수놓인 손수건이나 작은 새가 그려진 찻잔 같은 물건을 장바구니에 자주 담는다. 소재가 좋아서 여러해를 입어도 튼튼할 법한 옷을 고르고, 유해 성분이 덜 함유된 주방 도구를 찾고, 경량 노트북 같은 걸 살 때면 낮은 가격순이 아니라 신상품순으로 정렬해보는 여유로움도 생겼다. 물건을 잃어버리고도 앞뒤 없이 긍정적이던 성미는 옅어졌다. 그리고 무엇보다 물건을 곁에 오래 두고 보는, 아끼는, 물건을 그저 물건으로 보지 않는 이와 함께 살림을 꾸려가고 있다. 20년도 더 된 CD플레이어를 사용하는 호를 보며 간혹 생각한다. 나 같은 게 어디서 저런 물건을 찾아서 만나고 있는 걸까. 그러나 그때나 지금이나 물건에 관한 변함없는 믿음은 이런 것이다.

내가 아니라 물건이 나를 잃어버리기도 한다. 잃어버린 물건은 대체로 당신에 의해 발견된다.

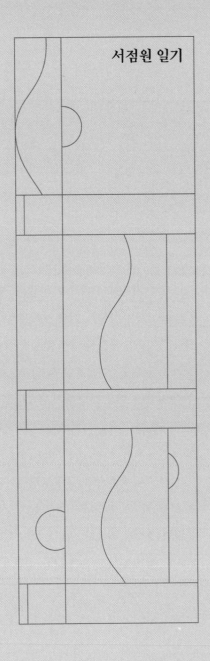

서점원 일기

혼자 제주에 다녀왔다. 반쯤은 즉흥적이었고(가끔 홀로 되고 싶은 인생사), 반쯤은 계획적이었다(쓰리라, 쓸 것을). 코로나19 확진자 발생 현황을 살피며 가느냐 마느냐 갈피를 못 잡고, 숙소 같은 걸 알아보지도 않고, 계획도 세우지 않았단 소리. 다행히 제주에서 책방을 운영하며 사는 친구가 있어 신세를 지기로 했다. 숙박료를 내고 일손을 도우며.

친구가 제주 서쪽 끝 고산리에서 꾸려가는 '무명서점'은 이제 제주로 책방 투어를 오는 이들이라면 부러 한번씩 들리는 명소가 되었다. 바다도 해변도 관광지도 인스타용 카페도 끼고 있지 않은 한적한 마을의 책방으로서는 흔하지 않은 일이었을 테다. 그러나 아이러니하게도 책방을 부러 찾는 타지인과 책방을 제주 생활의 버팀목으로 여기는 현지인이 차츰 늘어나는 사이에 친구는 은행빚에 빚을 더했다.

올봄, 친구는 돈을 많이 벌기 위해서가 아니라 벌기 위해서 자신이 살던 투룸 옥탑을 '무언가'라는 이름의 스테이로 전환하고(자신은 더 열악한 곳으로 거처를 옮기고) 그와 동시에 인근 마을인 신창리에 '책은 선물'이라는 분점을 개업했다. 지인이 무상으로 빌려준 작은 돌 창고를 개보수한 곳으로, 인근에 해변은 없고 바다와 포구, 사진 맛집으로 소문난 카페가 있었다. 카페의 영업 여부가 책방 매출에 즉각적인 영향을 끼친다는 얘기. 분점을 위해 사람을 고용할 여력이 없는 친구는 분점을 '참여형 책방'으로 운영 중이다. 누구나 신청해서(유료) 책방지기를 경험해볼 수 있다. 친구는 신청 현황에 따라 본점과 분점을 오가며 일한다. 일주일을 꽉 채워 일하게도 된다는 것.

그런 책방 자영업자로 살며(산다는 이유로) 틈나는 대로 아르바이트를 하는 친구의 생활력, 아니 생존력을 대단하다 여겼다. 그러면서도 어쩜 지치지도 않니. 좋아하는 일을 하며 산다는 건 살기 위해 하는 것이 아니라 하기 위해 산다는 것. 친구를 통해 전해 듣는 다른 책방 사장님들의 사정도, 생존 방식도 별다르지 않고. 모두 오늘내일하면서도 그때 할 수 있는 걸 최선을 다해서 한다(이럴 때 쓰는 최선이라는 말은 어째서 최선 같지 않을까). 그런데도 많은 책방이 문을 닫고.

휴가 내내 '무언가'에 머물며 글을 쓰고, 하루 시간을 내어 '책은 선물'에서 책을 팔았다. 그날, 책방을 찾은 손님은 열두명. 대여섯권 남짓의 책이 여행을 떠났다(여행을 떠나는 책은 친구의 표현). 손님이 뜸한 시간엔 책방지기 일지를 펼쳐 읽었다. 어떤 이가 무슨 이유로 책방을 지키게 되었는지, 그날 책방에는 어떤 손님들이 찾아왔는지, 손님이 없을 땐 다들 뭐하며 시간을 보냈는지 이전 책방지기들의 생활을 보는 재미가 쏠쏠했다. 이런 부분에선 멈칫하고.

오늘은 손님이 한명도 없었다.

날씨 때문이었을까. 인근 카페 휴무일을 검색해보니 월, 화, 수. 수요일의 책방지기가 손님 없이 보낸 하루를 되돌아보며 친구는 이런 농담을 일기장에 적어 두었다. "오늘의 수모를 잊지 말자." 그런 수모를 갚아주기 위해 애써야 하는 사람은 책방지기일까, 손님일까. 나도 일기를 적었다.

8월 12일 목요일 흐리고 비 아니 빗방울

빗방울이 지붕에 떨어지는 소리가 듣기 좋다고 생각한 건 오후 2시 55분이었다. 손님은 여섯명 있었고 책은 다섯권, 팔았다. 팔았다는 말을 쓰기 전에 잠시 망설였다. 샀다, 팔았다는 말과 책이라는 말을 함께 써도 될까 주저했다. 그러나 서점원은 책을 팔아야 먹고산다.

책의 가치를 돈으로 환산할 수 없다고 여기던 때도 있었겠지만, 오늘날의 책에는 모두 가격이 매겨져 있고 그 가격은 제작단가와 기타 등등이 고려된 것이다. 기타 등등에는 작가의 명성, 아니 인지도가 포함되어 있고 그런 의미에서 책에도 작가에게도 값어치가 매겨져 있다. 오늘날에는.

출판사에는 주력도서라는 게 있고 보통 홍보마케팅 부서에서는 주력도서를 힘써 밀어주고, 그외의 도서는 기본만 챙긴다. 그런 출판사의 기조에 맞춰, 홍보비에 맞춰 대형 서점에서는 매대와 책장 등의 자리를 팔고.

'책은 선물' 같은 작은 책방에서 느끼는 안온함은 어쩌면 그곳의 모든 책이 자릿세와 상관없이 그저 서점원의 그날 기분에 따라 그저 그곳에 위치하기 때문일지도 모른다. 서점원의 자리에 있으면 모든 책의 자리를 보게 되는데 그때 그 자리에는 사실 값어치라는 게 없다.

언제든 자리를 바꿀 수 있는 책들을 가만히 둘러보면서 「노매드랜드」Nomadland, 2020 OST를 듣는 오후. 다시 비가 거세진다. 이 시간에 우산을 쓰고 걷다가 책이 좋아서 우산을 접고 책방으로 들어서는 이가 있다면, 있다는 것으로 어쩌면 이 세상은 조금 더 늦게 무너지는 것이기도 하리라. 냇 킹 콜의 목소리는 눈에 어울린다고 생각했는데 비에도 어울리는구나.

들어봐 내 사랑.

손님을 기다리면서 쓰고 있는 짧은 소설 「혼자만의 겨울」에는 '올봄에 헤어진 주환과 도현'이 등장하는데, 두 사람을 (결국) 만나게 해주고 싶어서 청량한 여름을 계속해서 생각 중이다.

육지로 돌아오기 전날. 친구와 나란히 앉아 술잔을 기울이며 대화했다. 많이 썼느냐. 떠나고 싶으냐. 또 언제 오느냐. 그런 말에 또— 하며 마음이 나부꼈다. 그러면 또— 하며 마지막으로 딱 한잔 더. 하게 되고. 친구와 헤어지고 숙소로 돌아와 씻고 누워서 휴대전화를 들고 검색했다. 찾았다. 책방 주인이 되는 법. 주인이 되는 법과 지기가 되는 법은 어쩐지 다른 차원의 것처럼 느껴지고. 총 여섯개의 'Step'으로 이루어진 어떤 이의 책방 창업 스토리에서 가장 눈에 띄었던 건 역시나 초기투자비용 결산과 예상 월수입 계산해보기였다.

보증금 2000, 초기 3개월 월세 180, 부동산 관련 부대 비용 20, 인테리어 비용(가구 및 생활가전 포함) 400, 기타 비용 30, 초기 도서 구매 비용 100. 총 2730. 월 관리비 5, 인터넷 3, 월세 60. 매달 최소 고정 지출 68…

서점원의 자리에 앉아 있었던 하루를 복기해보았다.

오늘부터 제주에도 거리두기 4단계 조치가 내려졌다.

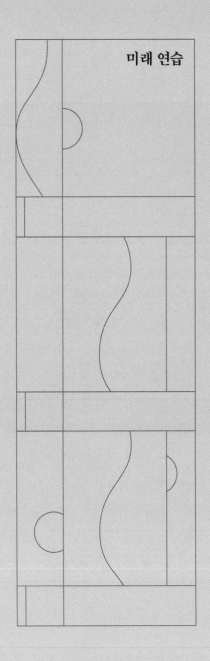

미래 연습

이런 현재 이야기로 시작해보면 어떨까.

국수주의에 찌든 러시아의 네오나치들은 '소아성애자를 점령하라'Occupy Paedophilia라는 조직을 만들어 성소수자 청소년들을 납치한 뒤 폭행하며 오줌을 뿌리고, 피해자들을 더욱 모욕하기 위해 그 영상을 유튜브에 올린다. 그리고 러시아의 많은 이들이 그 폭력을 정당하다 믿고 있다.

지난 6월, '차별금지법 제정을 위한 국민동의청원'에 참여했다. 차별금지법을 '동성애법'으로만 여기는 이들에겐 의아한 일이겠지만, 이 국민동의청원을 등록한 이는 인생의 대부분을 기득권으로 살았다고 말하는 이성애자, 비장애인, 정규직 노동자였다. 다양한 정체성을 가진 나는

"누구나 배척과 혐오의 대상이 될 수 있다"고 하는 청원인의 말에 동의했다. 차별금지법 톺아보기는 차별이라는 힘이 어떻게 나와 타자에게 작용하는지 그 물질화를 살펴보는 일이다.

　　최근 종합건강검진을 받았다. 내가 다니는 회사는 복지 차원에서 본인은 물론 가족도 고가의 건강검진을 할인된 가격으로 받을 수 있게 하는데, 그 혜택을 받기 위해서는 가족임을 증명하는 서류를 준비해야 한다. 서류로 증명할 수 없으므로, 호는 가족 건강검진 혜택을 받을 수 없다. 이성애중심주의와 정상가족 이데올로기에 기반한 이 '먼지차별'은 기득권의 언어로써만 증명 가능한 '관공의 가족'을 되묻게 한다. 그 가족으로 과연 가족을 설명할 수 있는가. 그즈음 한 TV 다큐멘터리에서 본 것은 위의 물음을 차별당하는 쪽이 아니라 차별하는 쪽이 대답해야 함을 알려주는 자연스러운 광경이었다. 동성의 연인과 식을 올리고 생활 동반자가 된 김규진씨는 혼인신고 서류를 접수하기 위해 주민센터를 찾았다가 "이건 접수도 아니고 거부도 아니다"라는 말을 듣는다. 차별당하는 사람의 말문을 막는 저

말을 나는 지금도 여전히 해석하지 못하고 있다.

설명할 수 없는 말로 설명하고, 해석할 수 없는 말로 대답하는 사회.

차별과 혐오를 스스럼없이 조장하는 기득권의 언어를 우리는 오래전부터 수도 없이 듣고 있다. 사회적 합의라는 말도 그렇다. 사회적 합의의 주체로 선택되고 또한 배제되는 이들은 과연 누구일까.

2020년 여름, 김 모 의원은 여성가족부의 '나다움어린이책' 사업으로 선정된 도서 중 일부를 동성애 조장, 동성애 미화라는 이유로 문제 삼았다. "동성애나 성소수자들의 자기 개인 결정, 그 취향에 대해서 존중하고 차별받지 않아야 한다고 생각하지만, 차별하지 않아야 하는 것과 조장하는 것은 별개의 문제라고 생각합니다"라는 김의원의 발언은 차별받지 않아야 하지만 차별한다는 기득권의 '차별 레토릭'에 불과했다. 그런데도 그 '죽은 말'은 다 같이 공존하며 살자는 '평등의 말'을 너무 쉽게 삭제했다.

다양한 분야의 아동청소년 책 전문가들이 열과 성을

다한 논의 끝에 선정한 책들이 한 국회의원의 차별적 발언으로 시작된 '공격'에 못 이겨 회수되었다는 사실은 두말할 필요 없이 코미디이지만, 그 과정에서 대화와 토론의 기회가 없어진 것은 허망한 일이다. 그 사안은 의문에 의문을 거듭하면서, 누구의 목소리로 묻고 또한 누구의 목소리로 대답할 것인가를 질문하며 더 의미 있는 선택과 결정의 대답을 찾아갔을지도 모른다. 가령, 공교육 장에서 우리는 어떤 책을 청소년 도서로 선정하고 있는가. 청소년들은 학교 밖에서 어떤 콘텐츠를 경험하는가. 또한 공교육에서 정의하는 청소년으로 과연 모든 청소년을 설명할 수 있는가.

많은 청소년 출판물이 '한 학기 한 권 읽기' 같은 채택과 선정, 추천 목록화에 목매고 있는 것이 사실이다. 그리고 그 과정에서 '합리적 이유 없이' 사전에 배제되는 것이 페미니즘이나 성소수자 인권 등에 관한 도서라는 것도 쉬이 부인할 수 없다. 가치중립적이어야 한다는 이유의 속내를 괜한 논란을 만들고 싶지는 않다쯤으로 해석해도 무리는 없을 듯하다. 이러한 일련의 상황에 비춰보면 성별 고정관념과 편견 없이 나와 타인을 긍정하고, 다양성을 존중하며 공존이라는 가치를 담은 도서를 선정하고 알린 '나다움 어린이책' 사업은 귀한 것이었다. 그 선정 작업은 누군가에겐 설명할 수 있는 말로 설명하고, 해석할 수 있는 말로 대답하는 것이었을 테다.

학창 시절 나는 그런 책들을 추천받지도, 구해 읽지도 못했다. 그래서 차라리 그런 글을 내가 써보자 마음먹었더랬다. 작가로서 생각하면 다행스러운 일이지만, 그 시절에 내가 내 또래의 남자가 남자를 좋아하면서도 자살을 꿈꾸지 않고, 내 또래의 여자가 여자와 당당히 손잡고 미래로 향하는 이야기를 접했더라면, 나는 차별당하는 사람의 말문을 막는 말에 주눅 들지 않는 성장의 언어를 조금 더 일찍 발견했을지도 모른다. 그렇기에 '라떼와는' 다르게 오늘의 많은 청소년이 또래 성소수자들의 다채로운 성장담을 접할 수 있게 되었다는 사실은, 국회에 바랄 수 없는, 기득권의 언어에 기댈 수 없는, 희망의 이야기를 그들이 이미 쓰고 있음을 확인하는 일이다.

얼마 전, 청소년 퀴어 로맨스 단편집『그래서 우리는

사랑을 하지』동녘개 2021에 필자로 참여했다. 두 게이 소년이 아웃팅에 대한 공포 때문에 자신들의 집과 학교, 친구와 가족으로부터 멀리 떨어진 곳을 데이트 장소로 삼으면서 벌어지는 사건을 다룬 작품이었다. 두 사람은 여느 청소년과는 다르게 '사랑의 비밀'이라는 '재난'을 함께 극복하기 위해 애쓴다. 이 소설을 구상하고 쓰면서 나의 학창시절을 자연히 떠올렸고, 동시에 성소수자에 대한 혐오와 차별이 극에 달해 있는 대한민국에서 십대 시절을 보내고 있는 퀴어 청소년들을 생각했다. 그때나 지금이나 성소수자의 현실은 크게 달라지지 않았다. 오늘날 더한 암흑기에 접어들고 있다는 느낌은 기분 탓만은 아닐 것이다. 그렇다고 해도 내 소설에는 가열된 혐오와 차별 속에서도 나다움을 잃지 않고자 고군분투하는 아주 구체적인 청소년들의 모습이 포함되어 있다. 그러고자 애썼다. 노력하고 싶었다. 결국, 두 소년은 자신들의 사랑을 세상 사람들에게 당당히 내보인다. 사랑이 재난을 극복한다. 청소년 퀴어 당사자가 내 소설을 읽는다면 '시작했으니까 두려움 없이' 그 사랑의 가능성을 믿게 되면 좋겠다 싶었다.

또한 내 소설을 당사자가 아닌 이가 읽게 된다면 혹시, 하고 자신의 주변을 친구를 가족을 살펴봐주길 바랐다. 나와 가까운 누군가도 매일 이런 재난을 맞닥트리고 있는 건 아닐까, 생각해주길 소망했다. 두 게이 소년의 사랑을 응원하는 밝고 명랑한 '퀴어 앨라이'를 소설 속에 등장시킨 것도 그런 이유에서였다.

나는 소설을 통해 동성애를 미화하지 않았다. 내가 미화한 것은 오히려 성소수자의 현실일 것이다. 많은 청소년 성소수자들은 아직도 여전히 두려움과 절망 속에서 하루하루를 보낸다. 위기 상황에 놓인 청소년 성소수자를 지원하는 '청소년성소수자위기지원센터 띵동'의 상담 보고 2019에 따르면 13세부터 전연령대의 청소년들이 가족 내에서 갈등을 겪고, 방임이나 폭력 등의 학대 피해를 호소했다고 한다. 가족 내 갈등, 폭력 상황에 놓인 내담자의 약 22퍼센트에게서 자살 위기 및 자해 경험이 발견되었다고도 한다. 현실에서는 불가능해 보이는 것들을 현실적으로 그려 보여주는 것. 그리하여 누구나 그 가능성을 꿈꾸도록 하는 것. 어쩌면 많은 작가들이 조장하고 있는 것은 바로 밝게

빛나는 미래에 대해 꿈꾸기일 것이다. 전진하지 않고 후퇴하는 현실의 이야기를 바꿔 쓰는 사람. 그 행동하는 몽상가를 작가라 달리 부르는 것이기도 하리라.

오랫동안 성소수자 해방에 헌신한 운동가 피터 태철은 세상을 있는 그대로 받아들일 수 없다면 당신이 원하는 세상을 꿈꾸라고 말한다. 그리고 덧붙인다. 꿈이 생겼으니, 이제 나아가자고.

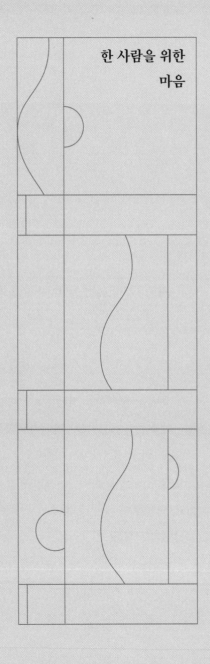

한 사람을 위한
마음

지금부터 하려는 이야기는 소설과는 전혀 무관한, 어쩌면 소설과는 아주 조금 가까울 뿐인 마음에 관한 이야기다.

2016년 6월 12일 미국 플로리다주 올랜도에 있는 클럽 '펄스'에서 총기난사 사건이 벌어졌다. 백여명의 사상자가 생긴 이 사건은 2017년 10월 1일 발생한 라스베이거스 스트립 총기난사 사건 이전까지 단일 총기범에 의해 가장 많은 희생자가 나온 총기 사건이자 성소수자를 대상으로 한 증오범죄였다.

나는 그 사건에 오랫동안 붙들려 있었다. 무슨 이유에

서였을까, 그 분노의 정체는 무엇일까, 증오는 어떤 마음의 상태일까, 내가 그곳에 있었더라면, 나와 어울려 지내는 이가 하필이면 그날 그 장소에 갔더라면, 목숨을 잃거나 다친 백여명의 사람들은 과연 어떤 이들이었을까, 그들을 사랑했던 사람들은 이전과는 다른 삶을 살게 되겠지. 사랑하는 이가 돌연 사라진 세계를 상상했다. 대신할 수 있는 삶과 없는 삶을⋯ 그때 살아 있어서 다행이라고 생각한 건 옳았던 것일까.

　　호와 오래 교제 중이다. 그와 나는 한 씨네필 동호회에서 만나 연애를 시작했고, 서너차례 헤어질 고비를 넘겼고, 한집에서 생활 동반자로 지낸다. 호는 영화 연출에 뜻이 있었으나 꿈을 접고 임금노동자로 여러해를 살다 지금은 가사노동을 전담하고 있다. 우리 옆집에 사는 할머니는 호와 나를 친구 사이로 알고 있고, 우리는 그런 믿음에 신뢰감을 주고자 종종, 옆집 할머니를 피한다. 그런 식의 연애를 우리는 어느덧, '우리의 것'으로 여기는 우리가 되었다. 이제 나와 호는 정상 연애, 정상 가족, 정상 인간 이데올로기에 맞춰 우리의 삶을 치환하지 않고도 '아는 사람만 아는' 연인의 삶을 말할 수 있다. 우린 살아 있고 우리에겐 기회가 있으므로.

김병운 소설가의 첫 장편 『아는 사람만 아는 배우 공상표의 필모그래피』민음사 2020를 읽으며 '한 사람을 위한 마음'에 관해 자주 생각했다. "아들(강은성〔공상표〕)을 어떻게든 성공으로 이끄는 게 당신의 의무이자 보람으로 생각하는"51면 김미승의 마음을, 옛 애인(김미승)에게 "그녀에게 필요한 것 같은 말을, 그 어떤 말보다도 절실한 것 같은 말"129면을 해주는 양병진의 마음을, "엄마가 필요로 하는 게 당신의 넋두리를 들어줄 상대가 아니라는 걸 그 누구보다도 잘 알"52면고 있는 강은진의 마음을, "저를 속이며 사는 게 지긋지긋했거든요"96면 유명해지고 싶고 돈도 벌고 싶은 배우 한수희의 마음을, 연인(강은성)에게 거듭 헤어짐을 확인하는 김영우의 마음을, 이태원 클럽 방화 참사 희생자 6인을 위해 인터뷰집을 준비하는 이용진의 마음을, "어쩌면 두 사람은 다시 만날 수도 있지 않을까"261면 엔딩을 새로 쓰는 강은성의 마음을.

내게 이 소설을 읽는 일은 한 사람이 한 사람을 위하

고 대신하는 마음의 다양한 갈래를 차례로 통과해보는 경험이었다. 그 과정은 한 사람을 위한 마음이 언제 어디에서 생겨나는지, 어떻게 지속되고 변화하는지, 한 사람을 위한 마음이 초래할 수 있는 비극과 그 마음만으론 대신할 수 없는 삶, 한 사람을 위한 마음이란 결국 나를 세우는 마음이며 그 마음만이 어쩌면, 하고 한 사람의 삶을 대신하여 살 수 있는 용기와 사랑으로 나아갈 수 있음을, 모든 사랑은 자기에서 출발해 타인을 경유하고 마침내 우리에게 도착한다는 것을 깨치는 연쇄작용이었다.

고맙게도 나는 이 소설을(꾸며진 나이길 거부하고 자신을 드러내고 말하고 마침내 쓰게 되는 강은성을) 통해, 호의 곁을 맴돌면서 새삼 말할 수 있었다. 우리에 관해 말하고 쓰고 싶다고. 우리란 결코 혼자서 쓰는 것이 아니라고. 이 글은 바로 그런 마음에서 비롯됐다.

2016년 6월. 세상을 떠난 성소수자와 세상에 남은 성소수자들의 평범한 마음을 다시금 생각한다. 그런 마음은 어떻게 만들어지는 것일까. 무엇 때문에 움직이는 것일까. 용기와 자유와 박수와 키스를 남들처럼 귀하게 여겼던 그들은 나와 당신 곁에 살고 있었다, 살고 있다.

증오의 총알이 관통한 것이 '살아 있음'뿐만이 아니라 우리가 만날 수도 있었던 '가능성'이라는 점을 곱씹으며 나는 "너랑 같이 가면 괜찮을 것 같아. 외롭지도 무섭지도 않을 거야"233면 하며 내미는 누군가의 손을 잡았다. 놓지 않았다.

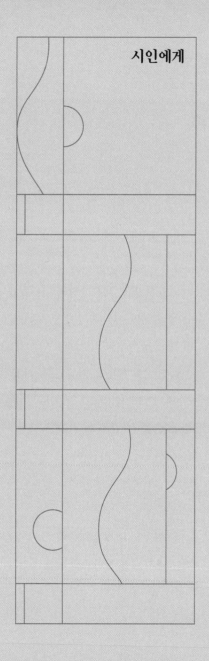

시인에게

아침 일찍 해수욕장에 다녀왔습니다. 홀로 해변에 앉아 책을 읽었는데, 책의 내용보다는 그 아침의 고요한 풍경이 더 선명하게 기억납니다. 다리가 짧고 통통한 반려견을 끌고 맨발로 해변을 거닐던 두 서양 남자의 움직임이라든가, 아이들이 몰입하여 만든 모래성을 부수는 파도, 바다의 윤슬, 손을 꼭 잡은 채 바다를 향해 서 있던 연인들의 뒷모습(죽지도 않을 거면서). 그리고 여러번 되뇌어보았던, 시인님이 보내온 시의 이런 구절.

"아무도 내게 알려주지 않은 것까지 다 내다본 나의 과거는 불쑥 나를 찾아와서 나를 가엾게 보네"권누리 「포인터」 부분 어떤 시는 위안을 주기보단 위안을 받기 위해 쓰이기도 하지요.

잘 지내시나요?

아프지는 않나요?

봄의 바다로 향하는 버스에서 시인님의 시를 멈칫멈칫 읽으며 저는 제 유년의, 생활의, 감정의, 사랑의 알코브를 떠올렸습니다. 알코브란 서양식 건축에서 벽의 한 부분을 쑥 들어가게 만들어놓는 곳을 뜻하지요. "세계로부터 오목하게 패인"권누리「알코브」부분 그 공간에서 시는 탄생합니다. 시인님의 시가 안내하는 여기 이곳이면서 동시에 이곳이 아닌 장소, 살아 있으면서 살아 있지 않은 (듯한) 존재를 통과하면서 저는 한동안 머물지 않던 저의 오목한 공간에 들어가보았습니다. 그 시공간을 우리는 '내면'이라고 부르기도 하지요. 내면에 상처가 없는 사람도 없고 내면에 사랑이 없는 사람도 없다. 저는 그렇게 기도하며 "함부로 떳

떳해지는"_{권누리 「각주」 부분} 사람으로 자랐습니다.

시간을 거슬러 올라가보니 제 최초의 알코브는 교실의 흰 커튼 뒤더군요. 커튼 뒤로 쑥 들어가 있으면 커튼의 흐름과 저의 시간이 무관하게 느껴져서, 종종 창문에 입김을 불어 누구에게도 보여주지 않았던 새로운 단어를 적곤 했습니다. 너무 투명한 것을 원치 않아서, 곧 깨져버리길 바라면서. 그럼 그때만큼은 밖을 건너다볼 수 있었습니다. 미운 사람을 미워해도 되고, 사랑하는 사람을 사랑해도 되었습니다.

어떤 시는 구원하기 위해서가 아니라 구원받기 위해 쓰이기도 하지요.

살아 있나요?
아직, 죽지는 않은 채로.

제가 아침 해변에서 읽었던 책의 제목은 '환한 숨'_{조해}

진 지음, 문학과지성사 2021이었습니다. 그리고 저는 한 편집자가 한권의 책과 함께 보내 온 다음과 같은 문장에 힘입어 한 계절을 무사히 건너왔습니다.

평안한 봄 되세요.

그가 보내온 책의 제목은 '상처로 숨쉬는 법'김진영 지음, 한겨레출판 2021이었습니다.

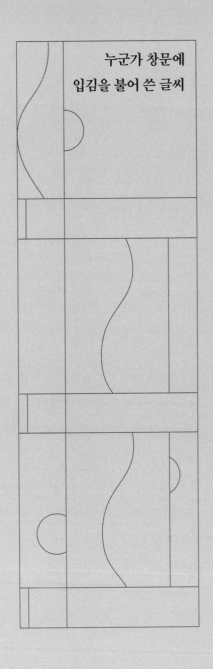

누군가 창문에
입김을 불어 쓴 글씨

목소리

조용했다.

내가 나고 자란 곳은 겨울이면 유난히 춥고 눈이 많이 오는 곳이었다. 눈 때문에 학교에 가지 않아도 되는 날이 있었고, 시외를 오가는 버스의 운행이 중단되기도 했으며, 왕왕 사람이 목숨을 잃는 경우도 있었다. 한번은 눈 때문에 오도 가도 못하는 버스에 발이 묶여서 이름을 알 수 없는 고갯마루에서 밤을 보내기도 했다. 그때의 풍경이 지금도 잊히지 않는다. 어른들이 삼삼오오 무리를 지어 이야기를 나누는 와중에 버스 뒤편으로 가서 보았던 그 어둠은 두려움보다는 아름다움에 가까웠다. 그때 그 이미지는 분명 눈앞에 있는 것이었으나 눈앞에 없는 것이기도 했다. 또한 그때 그 깊숙한 곳에서 들려오던 음성은 누구나 들을 수 있는 것이었으나 나만 듣는 것이었다. 어린 나이였으나, 찰나였으나 나는 그 순간 처음으로 나의 인생을 의식했다. 그때 그 심연은 내가 사는 동안 두고두고 들여다볼 어떤 원천으로 내 안에 자리 잡았다.

눈과 관련해서라면 이런 일도 있었다. 고등학교 때의 일이다. 일요일 새벽에 잠에서 깨어보니 눈이 수북이 쌓여 있어서 점퍼를 챙겨 입고 집 밖으로 나와 교회로 갔다. 생전 가지 않던 교회에 가서 예배당에는 들어가지 않고 교회 종탑 아래에 아직 왔다 간 사람이 없는 그 희고 깨끗한 곳에 발자국을 찍어두고 돌아왔다. 알 수 없는 일이었으나, 그날 아침에 어김없이 울려 퍼지던 교회 종소리를 들으면서 나는 잠시 슬픔에 휩싸였다. 종탑 아래에서 위를 올려다보며 기원했다. 걸어 들어갔던 발자국 위에 다시 발을 맞추면서, 들어간 자국은 있으나 나간 자국은 만들어놓지 않고서, 그곳을 빠져나오면서, 나는 어서 빨리 고향을 떠나고 싶었다. 한 사람을 자주 생각했기 때문이었다.

어제는 창가에 앉아 눈이 내리는 것을 보고 있다가 학창시절 유난히 눈을 좋아했던, 밤마다 집전화로 전화를 걸어오던 이를 떠올렸다. 무선 전화기를 들고 이불 속에서 밤이 깊도록 대화를 나누던 사람이었다. 우리는 서로에게 아름다운 글귀를 적어주기도 했고, 공 카세트테이프에 주주클럽이나 리아, 이기찬의 노래를 녹음해 선물해주기도 했다. 라디오 디제이의 목소리가 섞여들기도 하고 노래가 뚝 끊기는 테이프를 들으면서 녹음과 정지 버튼으로 이루어진 그의 밤을 머릿속에 그려보기도 했다. 그는 한여름의 네잎클로버를 코팅해서 간직하고 있다가 한겨울에 선물로 주는 사람이기도 했다. 그와 나는 네번의 계절 동안 둘도 없는 친구로 지냈으나 새로운 봄이 되자 우리가 언제 그렇게 다정했냐는 듯 서먹서먹하게 굴었다.

졸업하고 수년이 지난 어느 겨울엔가 택시를 타고 들어가다가 불쑥 옛 연락처가 생각이나 그에게 전화를 했더랬다. 그는 이제 어른의 목소리를 하고 있었고 내 연락에 당황한 듯했다. 그와 전화를 끊고 차창으로 눈을 돌렸을 때

눈은 내리지 않았다. 눈이 내렸더라면 어땠을까. 어른은 이미 지나간 시간에 매달려 있다가 툭, 떨어지기도 한다. 그게 어른의 일 중 가장 어른다운 일. 그와 나는 딱 한번 아무도 없는 곳에서 조용히 입을 맞췄는데, 그게 우정을 망칠 것이라고는 나도 그도 생각하지 못했다.

침묵

소리가 들렸다.

눈발이 날리면 하던 일을 멈추고 일제히 흩날리는 것을 보는 교실의 아이들 속에 나는 영원히 없었다. 눈송이를 바라보는 것보다 나는 그런 것에 마음을 쏟는 아이들의 뒷모습을 바라보는 것이 좋았다. 창가에 옹기종기 모인 작고 둥글고 새까만 뒤통수들을 보고 있노라면 그곳에서 언뜻 빛이 어른거렸고, 아이들이 떠난 창가에 가서 누군가 유리창에 입김을 불어 쓴 글씨를 보면 무언가 쓰고 싶은 이야기가 떠오르곤 했다. 그 시절에는 누구나 죽음을 가까운 것으로 여기므로 그때 주인을 찾을 수 없는 손가락 글씨는 비밀스러운 영혼의 메시지처럼 여겨졌다. 그런 데서 삶의 이유를 찾는 이가 나 말고도 또 있었는지는 알 수 없다. 있었더라면 그도 그때는 침묵에 더 가까운 사람이었을 것이다.

학창시절에 두어번 죽을 결심을 했었다. 한번은 수면제를 모으다 포기했고 다른 한번은 목을 맸다. 목을 맸으나 죽지 못했다. 그때 나는 죽음에 임할 각오가 되어 있지 못한 나약한 이였다. 그런데도 죽지 않아서 그때 그렇게 죽음에 승복했더라면 어땠을까, 하고 생각하고 생각했다. 지금도 간혹 수건을 더 높은 곳에 묶었더라면 하는 가정을 해보지만, 이제 모두 우스운 일이다. 지나쳐왔음으로 그리 되었다.

이런 말을 하면 믿을 사람이 있을지 모르겠지만, 사실 나는 열네살에 처음으로 죽었다 살아났다. 그 죽음은 누구의 눈에도 보이지 않고, 누구의 귀에도 들리지 않으며, 누구의 입으로도 형언할 수 없는 지극히 개인적이고 투명한 죽음이었다. 남들 눈에는 보이지 않는 죽음. 그 시절에 누군들 이러한 존엄사를 한번쯤 경험해보지 않았으랴만 내 죽음의 전조에는 실로 구체적인 형상이 있었다.

중학교 때, 처음으로 동급생에게 따귀를 맞았다. 그가 하굣길에 나를 한적한 곳으로 끌고 가서 그토록 세게 뺨을 때린 이유는 내가 여자처럼 여자애들과 어울려 논다는 것이었다. 그는 내게 남자처럼 굴라고 경고했다. 그는 남자 중학교에 입학해 내가 처음으로 친구 삼고 싶던 이였다.

고등학교 교련 수업에서는 담당 교사로부터 '남자훈련'을 받았다. 그 많은 남성 청소년 중에서 교련이 꼭 필요한 이로 고른 게 바로 '미스 김'이라고 불리던 나였다. 그는 웃는 낯으로 수업마다 빈번히 나를 지목해 남자답게 제식구령을 외쳐보게 했고 내가 '계집애처럼 굴어서' 웃음거리가 되는 와중에도 "고추 떼라, 인마"라고 말했다.

한때 나는 그런 투명한 죽음에 현혹되곤 했다. 왜냐하면 그런 죽음에의 영원회귀만이 내가 사랑하고 나를 사랑하는 이들에게, 내가 저주하고 나를 저주하는 이들에게 나를 각인시킬 방법처럼 느껴졌기 때문이다. 그 죽음들은 대부분 내 책상 위에서 생겨났다. 글 속에서. 나는 자연에 불응함으로써 생기는 영혼의 가능성을 믿는 어리석은 소년이었다. 그런 철부지 시절에 관한 이야기는 이제 영원히 사라졌다. 수년 전에 나는 그때 썼던 여러개의 일기장을 모두 불태워버렸다. 어른이 되어가는 과정이란 삶에 대한 환상이 아니라 죽음에 대한 환상을 버리는 일임이 분명하다. 그러므로 나는 모든 죽음에 고개를 숙이면서도 모든 죽음에 애도를 표하지 않는다. 나는 살아 있다는 이유로 죽음을 소란스럽게 앓고자 하는 이를 더는 가까이 두고 싶지 않다. 살아 있다는 이유로 고요히 소멸해가는 이와 이제 더욱 가까이 지낸다. 삶을 포기하는 것이 아니라 죽음에 잘 이르고 싶다는 이들의 침묵에 더 마음이 쓰인다. 그런 이유로 나는 영정사진을 미리 찍어두고 수의 대신 입고 싶은 옷을 골라놓거나 장례식장에서 계속해서 틀어놓고 싶은 음악을 미리 귀띔해주는 사람을 가장 가까운 벗으로 두고 있다.

바로 나 자신이다.

침묵

내렸다.

눈송이가 하나둘 휘날리자 카페에 있던 이들이 하던 일을 멈추고 모두 창밖으로 고개를 돌렸다. 자연에 순응할 때 인간은 아름답다.

세번째 겨울을 맞은 딸과 함께 눈사람을 만들었다며 사진을 찍어 보내온 친구의 얼굴을 흐뭇하게 바라보면서 부모는 언제까지 자식이 맞이하는 계절에 순번을 붙이는 것인가를 생각해보게 되었다. 네번째 가을과 다섯번째 여름과 여섯번째의 봄. 나는 부모가 되어본 적이 없어서 모르는 일이다. 생명이 생명을 낳거나 기르면서 얻게 되는 깨달음이란 소박한 것일 테다. 계절이 순환한다는 것. 그리고 그 계절이 모두 새롭다는 것. 다니카와 슌타로谷川俊太郎 시인이 적은 바대로 새롭고, 한없고, 넓은 계절은 늘 돌아와 우리에게 묻고 답하게 한다. 살아 있는가, 하고. 부모가 된 친구가 자식이 된 딸과 함께 보내는 계절을 저토록 매번 기억하려는 이유는 그 번호 매김이 바로 살아 있기에 가능한 것이기 때문일 테다. 살아 있기에 세번째로 겨울을 맞은 친구의 딸 '수아'에게 나는 이렇게 시작되는 시를 적어 주었다.

"눈사람을 둥글게 만드는 법은 누구에게 배워서 아는 게 아니지"

2018년 12월 1일에는 영만이 어머니의 초대를 받아서 4·16가족극단 '노란리본'이 기획한 연극 「이웃에 살고 이웃에 죽고」를 보러 다녀왔다. 영만이는 단원고 2학년 6반 학생이었다. 생일은 2월 19일이고 나는 2016년에 영만이와 영만이를 기억하는 이들을 위한 생일시를 썼다. 산 자와 죽은 자가 맺게 되는 인연이라는 것도 있을까. 나와 영만이는 태어난 날로 묶였다. 영만이와 303명의 사람은 죽은 날로 묶였다. 나와 영만이 어머니와 많은 이들은 304명을 기억하기 위한 날들로 묶였다. 리본의 매듭처럼.

이제 더는 새로운 계절을 맞이하지 못할 자식들을 둔 부모들은 공연을 여닫는 동안 자식과 부모와 이웃의 삶을 연기하면서 누군가의 삶을 매듭짓고, 번호 매김하고 있었다. 그날 무대는 쉰아홉번째였고 마지막 공연이었다. 공연이 끝나고, 그날 생일을 맞은 동혁이의 아버님이 이제 막 연기를 마친 어머님 곁에 서서 "동혁이는 16년 4개월 15일을 살았고, 오늘은 스물두번째 생일입니다"라고 말을 시작했다. 그 구체적인 생의 숫자들을 듣고 울지 않는 어른이 없었다. 어릴 때는 알지 못했으나 어른이란 어디서든 울음을 터뜨릴 줄 아는 이라는 걸 커가며 알 수 있게 되었다. 공연장을 나오기 전에, 살아 있을 적의 영만이처럼 무대 위에서 트레이닝복을 입고 랩을 하던 영만이 어머니의 손을 꼭 잡아드렸다. "선생님도 영만이 생각하셨죠?"라며 영만이 어머니가 환하게 웃음을 지어 보였는데, 어른이란 어디서든 웃음을 터뜨릴 줄 아는 이라는 걸 어릴 때는 알지 못했다는 사실을 깨쳤다. 영만이를 위한 생일시에 '기쁨의 두부고로케'라는 부제를 붙이며 나는 영만이를, 내가 만약 영만이와 한 교실에서 공부했더라면 불러주지 않아도 되었을 애칭을 이리 적었다.

"기쁨의 트레이닝복, 기쁨의 발냄새, 기쁨의 쇼미더머니".

최근에 수년을 함께 어울려 지낸 친구가 투병 중에 세상을 떠났다. 처음이었다. 이 이야기를 나는 벌써 세번째 쓰고 있다. 첫번째로 쓸 때는 그의 익명에 관하여 썼고, 두번째로 쓸 때는 그의 빚에 관하여 썼다. 그리고 나는 이제 그의 침묵에 관하여 쓴다.

　'그는 말이 없다.'

　더는 쓸 수 있는 말이 없다. 죽은 자의 침묵에 관하여 쓸 수 있는 말은 그가 침묵한다는 사실뿐이다. 친구는 짧은 생을 살았으나, 많은 이들에게 선의를 전한 사람이었다. 그도 눈사람을 만들 줄 아는 이었고, 운동복을 입고 노래할 줄 아는 이였다. 광장에서 촛불을 들 줄 알았고, 누구보다 눈이 내리면 제일 먼저 밖으로 나가 아직 아무도 흔적을 남기지 않은 곳에 차근차근 발자국을 남겨놓고 사진을 찍어 친구들에게 전해줄 줄 아는 이였다. 그가 눈 위에 가지런히 새겨놓은 자국을 시가 아니라 달리 무슨 말로 부를 수 있으리. 그 친구를 기억하기 위해 적어둔 짧은 메모는 이런 '침묵'으로 시작된다.

　"눈이 내리는 소리를 들어본 사람도 있을까?"

목소리

　쌓였다.

지금도 이름이 또렷하게 기억나는 한 사람에 관한 이야기다.

그와 내가 한 교실에서 공부를 시작한 지 얼마 지나지 않아서였다. 그는 늘 교실 창가 쪽 세번째 줄에 앉던 아이였는데, 수업시간에 선생님의 눈을 피해 내게 리본 모양으로 접은 종이쪽지를 종종 보내왔다. 대부분 지루한 수업시간에 할 법한 짧은 말이나 그림이 그려져 있었는데, 어느 날엔가 꿈이라는 단어가 들어간 글귀를 적어 보냈더랬다. 나는 수업시간에 쪽지를 돌릴 만한 용기가 없는 사람이었던지라 그에게 한번도 답장을 보낸 적이 없다. 그 대신 나는 그가 보내온 종이쪽지를 필통에 넣고 다녔다. 점심 도시락을 같이 먹기 시작했고 하굣길 동무가 되었으며 주말이면 그의 집에 놀러 갔다. 찐 옥수수를 나눠 먹으며 만화책을 보고 휴대용 손전등을 들고 나가 논두렁을 걷다가 한 이불에 누워서 라디오로 '유영석의 FM 인기가요'를 듣곤 했다. 꿈에 대해서 말한 적은 단 한번도 없었다. 우리의 미래에 관해서도 말하지 않았다. 그저 둘이 친구가 되어 있음이 기뻤다.

"이제 그만 돌아오렴"이라고 말하며 시작하는 시 「호수」『다 먹을 때쯤 영원의 머리가 든 매운탕이 나온다』, 문학동네 2021에는 '금희'가 나온다. 그때의 금희는 어디에나 있는 누구나이지만, 어딘가에 꼭 한명뿐인 사람이다.

교실에서 만났던 친구. 교실에서 내게 종이쪽지를 보내오던 친구. 교실에서 함께 대걸레질하던 친구. 교실 난로 위에 철제 도시락을 포개어놓던 친구. 교실 책상 위에 올라가 함께 무릎 꿇고 벌을 받던 친구. 교실에서 벗어나 함께 분식집이나 도서관에 가던 친구. 여름이면 함께 강으로 수영하러 가던 친구. 가을 소풍 때는 김밥을 나눠 먹고, 겨울이면 한여름의 네잎클로버를 선물하던 친구. 김이 서린 유리창에 친구,라는 글씨를 쓸 줄 알던, 살아 있던 친구.

그때 나와 친구는 다른 점이 많았지만 단 하나의 공통점이 있었다. 그건 우리가 이름과 얼굴을 가지고 있다는 사실이었다. 이름과 얼굴만 있다면 누구나 고유하니까. 「호수」에 관해 말할 수 있는 사실은 오로지 그것뿐이다. 그러니까 그 시는, 누군가의 얼굴을 보는 일과 무관하지 않다. 그때의 얼굴은 미래의 얼굴이다. 미래의 얼굴이란 언제나 과거의 얼굴로 이루어지는 것이기 때문에 어쩌면 시간의 총체적인 얼굴이라고 하는 편이 더 나을 것이다.

어른이 된다는 건 그저 나이를 먹는 일에 불과한 건지도 모른다. 그러나 어른의 얼굴은 나이로 인해 발생하는 것이 아니다. 어른의 얼굴은 상상해보게 한다. 그의 삶을. 그의 삶을 토대로 한 나의 삶을. 우리의 미래를. 우리가 한 교실에 있었더라면. 우리가 함께 죽음을 넘었고, 우리가 함께 살아가고 있다면. 어른은 타인의 얼굴에서 시간을, 시간에 힘입어온 기쁨과 슬픔을 읽어내려고 노력하는 사람일 것이다.

몇해 전, 우리는 만 24세의 비정규직 발전노동자 김용균씨의 죽음을 동시에 경험했다. 컨베이어벨트에 말려 들어가 머리와 몸이 분리되었다는 처참한 얘기 앞에서 누군들 가슴이 철렁하지 않았을까. 새 양복을 입고 새 구두를 신고 수줍게 웃던 김용균씨의 생전 모습을 보면서 언젠가 어디선가 보았던 얼굴(들)을 떠올렸다.

그때 나와, 우리와 한 교실에서 지내던 이들은 지금 어디에서 무엇을 하고 있을까. 무사히 어른이 되었을까. 여전히 어른의 얼굴을 갖춰가고 있을까. 지금도 눈이 내리면 하던 일을 멈춘 후에 창밖을 내다보고, 창문에 입김을 불어 글씨를 쓸까. 시는, 시인은 감히 그 행방을 상상할 수 있다. 이름을 부르고 얼굴을 적어 내려가면서. 그가, 금희가, 그 친구들이 저 깊은 어둠 속에서 이곳을 향해 감히 목소리를 낼 수 있도록.

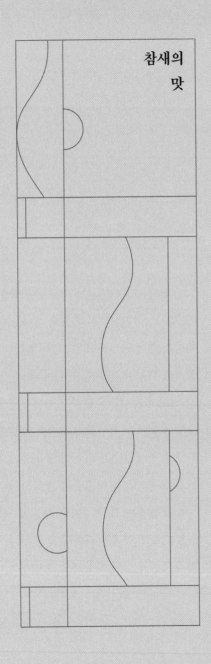

참새의
맛

어제는 문학평론가 송종원씨와 출판편집노동자 김선영, 박지영, 이선엽 씨와 함께 을지로 다동 '도리방'에서 새벽까지 부어라 마셔라 했다. 한 문학상 시상식 축하연에서 한차례 마신 후에 여운이 남아 옮겨 간 자리였다. 구운 참새와 꼬치구이를 앞에 두고 주전자에 든 따뜻한 정종을 비우며 우리는 직장생활의 애환을 안주 삼다가, 동산과 부동산으로 조성되는 삶의 난해함을 토로하고, 학창시절 추억의 노래 한소절을 떼로 부르기도 하였다. 소취했다.

12월에는 밤이 길다는 사실을 자연스레 받아들이고 평일 숙취의 곤혹을 피하지 않게 된다. 연말에는 누구나 후회가 있는 인간이고자 하고 그 때문에 대체로 긍정적인 인

간으로 거듭나기 때문이다. 송년모임을 위해 재건축(재미
있고 건강하게 축복하며 살자)이나 너나잘해(너와 나의 잘
나가는 새해를 위해) 같은 건배사를 미리 준비하는 이는
건전한 후회를 일삼는 자이다. 도리방에 옹기종기 모여 앉
은 이들 가운데 건배사 같은 걸 하는 이는 없었다. 다들 짠,
하면 짠, 했다. 외풍 때문에 술은 금세 식고 방바닥은 지질
지글 끓어서 방석 밑으로 손을 넣었다 뺐다 하고 있자니
참 겨울이구나 싶었다. 한바탕 눈이라도 쏟아졌다면 언제
까지고 자리에 앉아 있었으리라.

　　밤은 깊고 가게 안으로 더는 드는 사람이 없고 서둘러
귀가하는 손님들 사이에서 화제는 생활의 울분을 거슬러
올라가 언젠가 만났던 직장상사의 무례함으로, 부모와 자
식 사이에 쌓인 앙금으로, 사람을 거북하게 하는 어떤 이의
재주로 그리고 때때로 찾아드는 죽고 싶은 감정으로까지
나아갔다. 그 또한 기쁨의 대화였으나, 마침 그날 아침 '연
말 우울'을 조심해야 한다는 소리를 들은 터라 연말 참 제
대로 타네, 모두 한통속이 된 기분이었다.

　　한 것도 없이 한해를 보냈다고 생각하는 이들이 많아

연말에 우울증 환자가 늘어난다는 소식을 접하고 새삼 우울감에 빠졌다는 친구에게 말해주었더랬다. 한 게 없으면 한 게 없는 대로 의미가 있다, 쓸데 있는 한해가 있다면 쓸데없는 한해도 있어야 하는 거 아니겠냐, 해도 그만 안 해도 그만인 말을. 연말 제철의 말은 그런 말들이다. 좋은 게 좋은 거지, 귀를 순하게 하는 말들. 사무실 동료 영영은 그런 걸 '선비의 말'이라고 부른다. 바른 말이긴 하나 어쩐지 빈 구석이 있는 말. 연말 선비의 말들이 난무하는 가운데 이런 말은 퍽 색다르다.

무라카미 하루키村上春樹의 글 콤비로 활약하며 이름을 알린 일러스트레이터 안자이 미즈마루安西水丸는 자신의 그림을 '마음을 다해 대충 그린 그림'이라고 자칭하며 "저는 뭔가를 깊이 생각해서 쓰고, 그리고 하는 걸 좋아하지 않습니다. 열심히 하지 않아요. 이렇게 말하면 '대충 한다'고 바로 부정적으로 보는 사람이 많지만, 대충 한 게 더 나은 사람도 있어요"『안자이 미즈마루』, 씨네21북스 2015라고 그 이유를 설명한다. 연말 우울의 주인공이 된 이에게 전하기에 '열심히 살지 않는 말'은 얼마나 유용한 것인가. 좋은 게 좋은 제철의 말은 보편적이나 상투적이기도 하다.

이런 술자리 광경은 어떤가.

술을 마시면 더 잘 웃고 순박해지는 송종원씨가 뜬금없이 아내를 향한 애정을 술술 풀어놓았다. 편집자 김선영씨가 팔불출, 그러자 송종원씨가 아니, 구불출이라고 대꾸했다. 한바탕 웃었다. 송종원씨의 손에 눈길이 갔다. 크고 두툼한 손. 다른 이의 글을 세심히 읽고 쓰는 손에서 느껴지는 온기는 구들의 온기 같은 것이기도 했다. 송종원씨와 오래 알고 지냈으나 깊은 정을 나누지 못했다. 그런데도 그 손을 보고 있자니 우리 사이 정이 깊다는 생각이 들었다. 겨울밤의 손은 그런 심사를 자아내는 데 최적화되어 있다. 깊은 손을 가진 사람이 쓰는 글은 깊은가. 알 수 없다. 그러나 깊은 손을 가진 사람의 술잔은 얕아 금세 잔이 비었다. 촌에서 나고 자라 누우면 바로 잠이 든다는 송종원씨가 구운 참새의 머리를 오독오독 씹으며 고소하다, 말하니 참말로 입안에 고소한 맛이 퍼지는 듯하였다. 그때, 편집자 김선영씨가 '우리 종달새' '우리 선엽이' 하며 동료들을 호명하는 소리가 새삼 상쾌히 들렸다. 동료를 살뜰히 우리, 우리,라고 챙겨 부르는 사람의 직업이 편집자라는 것은 얼마나 의미심장한가. 연말이면 이런저런 시상식장에서 출판 편집자들을 자주 만나게 된다. 작가에게 꽃다발을 전하고 인증사진을 찍으며 마치 자신들의 일인 양 폴짝폴짝 좋아하는 이들의 살뜰한 기쁨은 어디에서 나오는 것일까. 직업의식만으로는 설명할 길 없는 마음의 경로를 탐색하다보면 반성하게 된다. 작가랍시고 깝죽거리지 맙시다. 편집자 여러분들 덕분에 올 한해도 근근이 책 살림을 꾸렸습니다. 그러나저러나 한겨울 술 먹은 이야기를 이렇게 실명까지 밝혀 적는 게 또한 작가랍시고 까부는 일은 아닌가 싶은 마음에 걱정이 앞선다. 송종원씨는 그 새벽 아내에게 통닭을 잘 배달했을까. 김선영, 박지영, 이선엽 씨는 여전히 수화기에 대고 '창문 할 때 창 비둘기 할 때 비'라고 안내할까. 궁금하다. 오늘은 2017년 12월 12일이다.

12월 12일에 오고 12월 12일에 간 오즈 야스지로小津安二郎는 맛이 좋은 식당 목록이 적힌 '식도락 수첩'을 들고 다녔다고 한다. 아마도 겨울밤에 먹기 좋은 참새구이 식당 이름도 거기 적혀 있으리라. 오즈 야스지로의 「꽁치의 맛」1962

에서 딸을 시집보내고 홀로 남은 아버지는 술에 취해 이렇게 읊조린다.

"아, 외톨이가 되었군."

문학평론가 아버지와 편집자 딸이 겨울밤 도리방에 마주 앉아 있는 풍경도 어쩐지 근사하겠다는 생각이 든다. 류 지슈劉智庠 같은 종원과 하라 세쓰코原節子 같은 선영. 둘을 다다미 쇼트로 '쓰는' 일이 12월이 다 가기 전에 내가 해야 할 일이 될 것 같다. 시는 겨울에 써야 제철,이라고 생각하는 이도 분명 있을 것이다. 겨울밤 '군참새'에 입을 대지 않았으나 참새의 맛이 고소하니 좋았다.

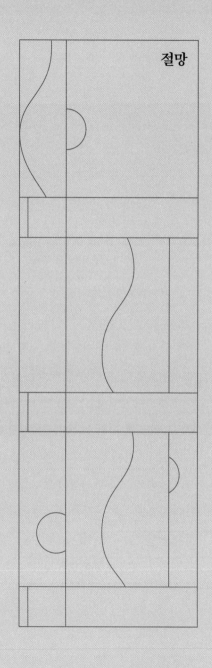

절망

어제는 절망했습니다.

오늘은 그럭저럭 살 만했고요, 주말에는 후배들과 이촌동 '人生의 하이라이트'라는 선술집에서 반건조 노가리와 아귀포에 타이거맥주를 마셨습니다. 신해철의 「안녕」을 따라 부르며 춤을 췄고, 「내 마음 알겠니」를 부르는 젊은 날의 강수지를 보았습니다. 선우에게 아리랑 연구로 박사학위를 받으려는 건 꼼수가 아니냐고 따져 묻다가, 시간강사라도 해야 그나마 인생의 먹구름이 걷혀도 걷히지 않겠느냐는 말을 듣고 새삼 이제 선우에게는 부모가 없다는 사실을 깨달았습니다. 선우는 하루빨리 의미 있는 사람이 되고 싶겠죠. 일찍이 부모에게 기대어 살지 않은 사람이 자수

성가하여 권세를 누리는 성공 이야기를 그라고 왜 꿈꾸지 않겠습니까. 그런 사람이기에 그는 68명 지원에 39명을 뽑는 임대주택에 입주하길 두 손 모아 기원하였습니다.

얼마 전, 좋은 기회를 얻어 한시간짜리 방송대본을 맡아 쓰게 되었다고 뿌듯해하던 가영이는 안주를 거침없이 먹었습니다. 평일도 주말도 없이 밤낮으로 일하는 프리랜서 노동자에게 야간의 음식이란 당 충전을 위한 것이겠지요. 「영재발굴단」이라는 텔레비전 프로그램을 구성한다는 가영이의 말을 듣고 있으니 전날 중화요릿집에서 보았던 세 사람이 떠올랐습니다. 여자는 남자를 오빠라고 불렀고, 남자는 여자를 야라고 불렀고, 아이는 여자를 엄마라고 불렀습니다. 대화는 이런 것이었습니다.

"야, 내가 너처럼 짜장면을 맛있게 먹는 앨 본 적이 없다."

"오빠, 내가 없이 살았잖아."

"엄마, 개가 고양이를 낳았대."

"개가 고양이를 어떻게 낳아, 개는 개를 낳고, 고양이는 고양이를 낳지. 오빠, 우리 애가 남달라…"

저는 삼선간짜장을 먹으며 그들의 대화를 메모해두었습니다. 쓰려고요. 제목. 우리의 성실이 기대를 저버리지 않고. 요즘은 시를 어디에서나 씁니다. 어디에서나 쓸 수 있어서 어디에나 있어도 되는 시가 불쑥 튀어나오고 그런 이유로 최근 저에게 예술적 전위란 나락으로 떨어져보는 겁니다. 가령, '너랑나랑호프'에서 육전을 갓김치에 싸먹다가 사이좋게 굴러떨어져서 부모를 낳는 자식이 되고, 자식을 낳는 부모가 되는 것도 새롭지만, "사장님, 서비스 20분 더 주세요!"를 외치며 간주점프 버튼을 누르는 것이 나락의 최신 감성이지요.

이제 서른이 된, 새끼작가 신세를 벗어났으나 서브가 되고, 메인이 되어도 비정규노동자로서의 불안한 삶을 유지해갈 가영이도 어느 날, 제 자식에게서 남다른 면을, 특출한 능력을 찾아내어 없이 사는 가운데도 내 자식만큼은 남부럽지 않게 키우겠다는 다짐을 하게 되겠죠. 가영이는 언제 처음으로 자식에게서 미련을 버리게 될까요.

이제 결혼한 지 1년이 지난 다솜이는 아직 자식을 생각하지 않습니다. 구직과 이직과 퇴직을 반복하는 삶을 살

앉던 다솜이는 요즘 전산 입력 아르바이트를 하고 있습니다. 보편적인 일이지요. 결혼해서 아이가 없는 여성 취업자는 어디든 이미 글렀다는 분위기 아닙니까. 남편의 벌이만으로 살림을 꾸려나가기란 쉬운 일이 아닐 텐데도 다솜이는 그렇게 번 제 돈을 먹고 마시는 데 척척 씁니다. 아직 철부지지요. 그런 철부지라서 다솜이는 친구들과의 술자리 때문에 남편과 종종 다투고, 술에 취한 목소리로 남편에게 전화해 아양을 떱니다. 부부의 정이 깊어서일까요, 부부의 도리를 다하려고 하는 걸까요. 하루 걸러 한번씩 새롭게 인생을 살고자 다짐하는 철부지 다솜이에게 아직 인생은 오리무중이겠지요. 인생은 멀리서 보면 희극이고 가까이에서 보면 비극이라던 찰리 채플린Charlie Chaplin은 1889년 4월 16일에 나고 1977년 12월 25일에 갔습니다.

인생의 하이라이트는 누구에게나 있는 걸까요.

이촌동으로 가기 전에 청소년성소수자위기지원센터 띵동에서 진행하는 '사람책' 프로젝트에 참여했습니다. 작가를 꿈꾸는 청소년을 만났습니다. "저는 죽고 싶어서 띵동에 왔어요."라고 말하더군요. 죽고 싶다고 말해줘서 고맙다고 했습니다. 쓰는 삶과 쓰지 않을 때의 삶을 잘 꾸려나가기 위한 자립의 최전선은 청약뿐이라며 권유하였고, 기쁘게 죽음을 맞는 게 꿈이라고 해서, 기쁜 죽음이 슬픈 죽음보다 돈도, 시간도, 사람도 많이 든다며 죽을 준비를 잘해보자는 대답을 들려주었습니다. 소설을 써보자고요. 대화를 하다보니 실로 삶이란 죽음을 준비하는 거더군요.

갈 데가 없어서 또래 청소년과 화장실에 들어가 구강성교를 하다가, 경찰서에 끌려갔다가, 부모에게 성소수자임이 발각된 청소년에게 인생의 하이라이트는 언제라고 말해줬어야 했을까요. 사랑에 빠져 육체에 정신이 팔린 가운데 마음을 다해 서로를 에워싸는 행위가 그토록 나락으로 떨어져도 괜찮을까요.

그런 시름 속에서 세월호에서 돌아오지 못한 아이들의 엄마들로 구성된 4·16가족극단의 공연을 보았습니다. 그날 저의 가장 큰 기쁨이 자식이 죽은 슬픔을 잠시라도 잊기 위해 다른 사람이 되어 살아보려는 부모들에게서 비롯된 것이라는 사실은 희망적인가요. 공연에 초대해준 영만이 어머니는 초록색 트레이닝복을 입고 랩을 하더군요.

생전에 영만이가 즐겨 입고, 즐겨 부르던 것이었지요. "이렇게 잘 견디며 앞으로도 꿋꿋하게 그렇게 지내겠습니다"라는 영만이 어머니의 문자 메시지를 받았습니다. 꿋꿋하게 그렇게. 좋은 제목이었습니다.

"집으로!"

다솜이가 외쳤습니다. '人生의 하이라이트'에서 헤어나자 아침이었습니다. 아침에는 죽음을 생각하는 것이 좋다는 이도 있으니 아침에는 절망을 생각하는 것도 좋다는 생각이 들어서 합승 택시에서는 저도, 선우도, 가영이도 아무 말도 하지 않고 택시 창문에 머리를 기대고 있었습니다. 집에 오니 그때까지 잠을 자지 않고 있던 호가 나직이 말했습니다.

"사람이 죽었는지 살았는지는 알려줘야지."

매일 아침 생각합니다. 저의 절망은 어디에서 밤을 새우고 오는 걸까요.

때때로 우리는 절망뿐인 인생에서 구원을 찾곤 합니다.

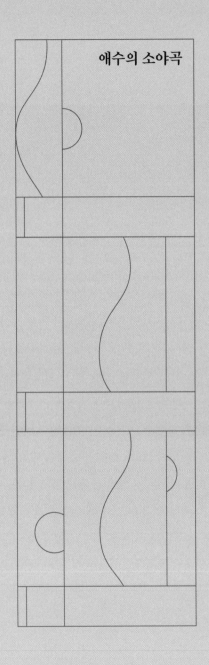

애수의 소야곡

술이 한잔 생각나는 밤,에 관해선 쓰지 않기로 하였습니다. 지난번 연이어 발표한 두편의 글 「참새의 맛」과 「절망」이 모두 술이나 마시는 얘기다보니, 편집자 L선생이 딱 꼬집어 말하진 못하고, 안 했으면 좋겠지만 해도 괜찮습니다,라고 예의 바르게 말을 전해왔기 때문입니다. 그런데도 '박찬욱의 복수 2부작보다야 박찬욱의 복수 3부작이 더 폼 나지 않나?' 하는 생각이 들어 이번에도 역시 술 얘길 쓸까… 하는 유혹이 찾아왔으나 마음을 다잡았습니다. 인생은 늘 다음 기회에,이지요. 그런 이유로 이 글 어디에서도 술 마시는 사람은 나오지 않습니다. 글을 읽다가 혹시라도 술이 한잔 생각나더라도 그건 글쓴이의 의도와는 무관합니다.

언젠가 천사가 그려진 엽서를 받았습니다. F에게서 온 것입니다. '추크슈피체'라는 독일의 가장 높은 봉우리에서 F가 적어 보내온 엽서에는 "아래를 내려다보니 보이는 것은 안개뿐이어서 두려운 마음이 들었습니다"라는 말과 함께 이러한 독일 속담이 적혀 있었습니다.

'좋은 날씨는 천사와 함께 온다.'

어젯밤에는 좀처럼 잠이 오지 않아서, 왜인지 모르게 그 오래된 엽서를 다시 꺼내 읽어보았습니다. 한국에서의 고단한 삶을 잠시 뒤로하고 독일로 짧은 여행을 떠났던 F가 뮌헨 남부의 알프스에서 마주한 두려움의 정체는 무엇이었을까요. 경이로운 자연 앞에서 인간의 하찮음을 깨닫고자 여행을 떠나는 자도 있다지요. 아무런 망설임도 없이, 인생의 가장 화창한 날에 거대한 폭포수와 아늑한 절벽 아래로 홀가분하게 투신하는 여행객은 아직 살아 있는 자에 의하면 알 수 없는 사람이지만, 그 자신 편에선 무언가 깨친 바가 있는 사람인지도 모릅니다. 자연 속에서 솔직해지는 경험을 누군들 한번쯤 해보지 않았을까요. 고백하자면,

저는 비를 피하고자 잠시 들어간 오두막에서 "이곳에서 천사의 형상을 만나게 되면… 당신의 시를 떠올렸습니다"라고 말하는 F를 잠시 사모하였습니다. 그 사람은 그런 제 마음을 알 리 없었고요. 인간은 늘 '멀리에서 오는 것'에 매달리기 마련이지요. 동이 틀 때까지 축복을 요구하며 천사와 씨름했던 인간을 떠올려봅니다.

불면 중에는 늘 오래오래 행복하게, 건강하게 살고 싶습니다.

며칠 전 아침 '지옥철'에서는 "아, 씨발, 자빠지겠네"라는 말을 들었습니다. 무언가 들킨 기분이 들어서 저는 앞사람을 힘껏 밀었습니다. 뒤로 밀리지 않기 위해서요. 그런 제 옆에 서 있던 사람은 그 와중에도 태연히 휴대전화로 '에코후레쉬세탁조클리너'를 살펴보고 있었습니다. '인생은 어디까지나 살아봐야 하는 것'이라는 생각이 스쳤습니다. 밀고 미는 환난 속에서도 사랑과 우정과 노동을 통해 기쁨이나 행복이나 보람을 찾고자 하는 것이 또한 인간이 가진 놀라움이라면 놀라움이지요. 은행 돈도 내 돈이다,라는 신개념으로 빚을 지고 또 지며 원금을 갚아나가는 사람이 마냥 징그럽지 않고, 회사에선 받은 만큼 일하자는 개념을 탑재하고도 성취에 몰입하여 이 일 저 일을 도맡는 동료 아무개의 고군분투가 마냥 귀엽지만도 않습니다.

직업에는 귀천이 없지만, 직무에는 귀천이 있어서 한 직장에서 십수년을 일했음에도 '합리적으로' 승진과는 거리가 먼 이, 퇴직 후 자영업자를 꿈꾸며 바리스타 자격증을 따기 위해 주야장천 쉬지 못하는 이, 자식들을 앉혀두고 미래는 베트남에 있다고 말하는 이나 이리저리 휩쓸려 후회하지 않기 위해 '후회하지 않는 법'을 수련하는 이도 모두 동시대인들입니다. 출퇴근하고 야근하고 때론 주말에도 일합니다.

저 역시 먹고사는 기력을 보전하기 위해 지난 몇년간은 의료복지사회적협동조합 한의원을 통해 쌍화탕을 종종 복용하였고, 요즘엔 아침마다 홍삼농축액을 미온수에 타 먹고 있습니다. 최근 가장 큰 관심사는 언제 쓸까, 하는 것이고 가장 크게 관심이 사라진 것은 사람입니다. 그런 이유로 출근길 지하철에서 모르는 사람들의 말을 귀담아듣고 그걸 시로 옮겨 적습니다. "숙자야, 너 오늘 계 탔다. 단풍

놀이도 가고. 인생 뭐 있니, 놀다 가는 거지"라고 시작하는 메모 뒤에는 이러한 문장을 적었습니다.

'지옥으로 가는 길은 호의로 가득하다.'

지난 계절에 본 영화 「행복한 라짜로」Lazzaro felice, 2018에서 '행복한' 라짜로는 한밤 자신을 뒤따라온(!) 예배당의 경건한 음악을 들으며 처음이자 마지막으로 눈물을 흘립니다. 그 모습이 오래 기억에 남았습니다. 선한 사람으로 태어나 '첫번째 죽음'을 맞은 후에 거룩한 성자로 부활하였다가 '두번째 죽음'에 이르는 그 인물의 이름을 자주 되뇌는 것만으로도 선한 영향력을 느꼈습니다. 느끼고자 했습니다. 천사와 씨름한 야곱처럼 애원했습니다. 성자가 내게 다가왔을 때 알아볼 수 있게 하소서.

닭다리살과 대파를 꼬치에 끼워 감노랗게 구워낸 후에 바질이나 유자로 맛을 낸 양념장을 듬뿍 얹어 내어주는 '야키토리집'에서 한 사람이 지옥으로 가는 길에는 호의가 가득하다는 말을 전해주던 밤, 또다른 한 사람은 이런 말을 들려주었습니다. 마음을 주되 머물지는 마라.

F가 보내온 엽서를 상자에 다시 넣으며 내일은 새벽

같이 일어나 글을 써야 한다, 결심을 거듭하였습니다. 이 기분, 이 느낌 그대로. 딱 한잔 기울이면 좋을, L선생 보시기에 그만그만한 풍속의 글을. 끝에 가서는 꼭 묻고 싶었습니다.

우리에게 천사란 어떤 존재일까요.

잠이 오지 않으면 양 한마리, 양 두마리, 양 세마리를 세지 말고, 잔잔한 호수 위 작은 배 안에 누워 있는 너를 생각해봐,라고 말해주는 호에게 단 한번도 물어보지 못했습니다.

때때로 당신에게 찾아오는 애수는 어떤 날씨의 형상인가요.

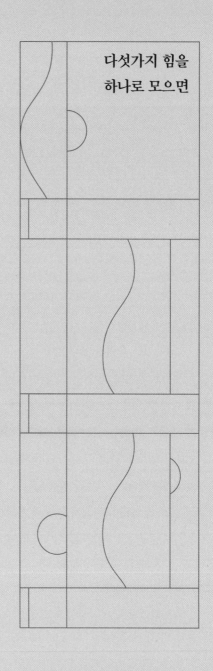

다섯가지 힘을
하나로 모으면

땅

땅, 하는 소리를 들었다.

파묻고 싶은 사람이 몇명이나 되는지 생각해보았다. 왜 파묻고 싶은가는 따져보지 않기로 했다. 복잡한 건 싫어. 오로지 파묻는 것만이 중요해지도록 하자. 머릿속에 떠오르는 대로 파묻고 싶은 사람과 파묻고 싶지 않은 사람을 분류해나가다 보니 누굴 파묻을지, 그것들을 파묻으면 뭐하나, 다 부질없다는 심사가 되어 자괴감에 빠졌다. 인간을 그만두고 싶었다. 인간을 그만두기 위해 해야 할 일이 뭔가, 할 수 있는 짓을 고심해보았다. 손발톱을 잘라야겠다.

손톱 밑 가장 연약한 살갗을 뜯어냈다. 그 선배를 진즉에 파묻었어야 했다. 선배, 선배가 나를 따돌리던 모습이 아직도 눈에 선해요. 선배는 어쩜 그렇게 저를 아무것도 아닌 것처럼 여겼을까요. 남들이 뭐라 하든, 제게 선배는 거짓된 사람이에요. 선배가 꿈에 나올까 무섭습니다.

한날, 갑자기 눈물이 났다. 누구에게도 말하지 못했던 것을 그이에게 말했다.

"나한테 무슨 일이 벌어졌던 것 같아."

어릴 때 앞집에 살던 아이가 어린 나를 불러내서 철물점집 나무 자재가 쌓인 공터의 사각지대로 데려가더니 내 바지를 벗긴 후에… 그 일은 그 아이가 먼저 이사를 가면서 중단됐다. 중단됐음에도 불구하고 나는 자신을 괴롭혔다. 망가졌다. 잊어버리려고, 살았다. 누구도 알지 못했고 누구에게도 말할 수 없는 일이었다. 한 아이가 한 아이에게 어떻게 그런 짓을 할 수 있었을까. 한번은 그 아이가 나를 자기 집에 데리고 갔는데, 그때 그의 가족이라는 사람이 방에서 우리를 불렀고 나는 들어가지 않고 그애는 들어갔다. 지금에 와 생각해보면 그러니까 한 아이가 한 아이에게 그런 짓을 할 수 있었던 건 한 가족이 한 가족에게 그런 짓을 먼저 해버렸기 때문이다. 나는 생각해. 생각하고 싶은 건지도 몰라. 중요한 건 그 일을 나만 빼고 아무도 몰랐다는 것이고, 누구에게도 말할 수 없었다는 것이다. 좁은 동네였으므로 십대가 되어 십대가 된 그 아이를 우연이라도 한두번 마주칠 때면 숨이 턱턱 막혔다. 쳐다볼 수 없었고 볼 수 없어서 그가 죽었으면 좋겠다고 생각하고 생각했다.

내 말을 가만히 듣고 있던 그이가, 지금, 이 상황에서, 그런 말을, 의아한 표정을 지어 보이다가 놀라 말을 잇지 못하였다. 몰라, 나도 몰라. 그냥 말이 나왔어. 그 짓을 당하고 그 짓을 정리하는 데 딱 이만큼의 시간이 걸렸나 봐. 왜 하필 그때였는지, 그 순간 나의 내부에서 뭐가 터졌는지 나도 알 수 없었다. 어떤 폭탄의 도화선은 그렇게도 길다. 그러니까 이제 와서 그런 말을 왜 하니,라는 말 좀 하지 마. 페미니스트로서 학교폭력, 젠더폭력의 피해자였음을 인지하고 말할 수 있던 내가 누구에게도 말한 적 없는, 말할 수 없었던 사실을 그렇게 먹고 싸고 시답잖은 말을 내뱉듯 말하게 된 데에는 최근 내가 겪었던, 겪고 있는, 겪어야만 하는 일들이 관련되어 있는 듯했다. 그러나 그 일은 무엇일까. 모르겠다. 지금은. 지금이므로. 그러나 한가지 확실한 건 지금 쓰고 있음이 나의 또다른 토대가 될 수도 있다는 것이다.

그제는 은사님으로부터 한통의 메일을 받았다. 잘 지내고 있는지, 좋은 시 자꾸 익어가는 가을이라 믿네,라는 글귀에 한결 가벼운 마음이 되어 답장을 드렸다.

요즘에는 바다보다 산에 가고 싶다는 생각을 자주 합니다. 가을이라 그런가봐요. 지금까지는 매년 가을은 바다의 계절이었습니다. 가거나 가지 않거나 갈 수 있거나 갈수 없을 때도요. 무슨 영문인지 모를 때 늙어간다는 말을 자주 쓰고 있습니다. 존 키츠John Keats를 읽었습니다. 오늘 11시 30분경에는 하늘에서 내려오는 깃털을 보았습니다. 습성을 바꾸기란 쉽지 않습니다.

불

불바다를 만들어버리겠어.

술만 먹으면 불바다 타령을 해대던 이가 곁에 있었다. 지금은 없다. 화가 많아서 화가 쏟아져 나오는 이을 가까이 하는 데도 기한이 있다. 요즘에 와 종종 나의 화는 어디에 있는가가 궁금하다. 늙어간다. 나는 화를 잘 내지 않는 편인데, 그게 정말 화가 나지 않아서인지, 화를 꾹 참고 있어서인지 헷갈리기 시작했다. 나, 자만하고 있는 건 아닐까. 마음의 화를 다스리기 위해서가 아니라 다스리지 못한 화를 다독이기 위해 의학과 상담의 힘을 빌리는 친구들의 소식을 들을 때마다 그이의 사태가 추측되고 나 자신 환기되는 바가 있어 얕은 시름에 빠진다.

언젠가 한번 한 책방에서 열린 문학 행사의 진행자가 되어 작가와의 만남을 이끈 적이 있다. 참여 인원이 적어서 행사라기보다는 정모 같은 분위기가 되었는데, 이런저런 얘기가 오가던 중에 한 여성이 말했다.

— 저는 마음에 병이 있습니다.

듣자 하니 그이 마음의 병은 말을 잘하지 못해서 생긴 것이었다. 그날 그 말하지 못하는 마음을 헤아려 적은 글에서 나는 마음에 말이 없는 사람이 있을까,라고 물었다. 그지. 나도, 너도 마음에 말이 있지. 다 말해버릴까, 하는 고민을 최근에 꽤 여러번 했다. 그 가운데 한번은 말했다.

— 내가 받은 고통을 생각해봤어?

그러나 그러니까 누군들 할 말이 없겠는가. 나는 부모가 나로 인해 받은 고통을 생각해보지 않았다. 며칠 전에는 친구와 만나 저녁을 먹다가 당분간 글만 쓰고 싶다는 말을 들었다. 글만 쓰고 싶다는 말에 눌러 담아놓은 말이 많음을 모르는 바 아니어서 대꾸했다. 나도. 나와 친구는 작가는 글로 말하는 자니까, 글로 쓰는 사람이지,라는 말을 주거니 받거니 하면서 오랜만에 마주보고 웃었다. 그러고 보니 그 사이 친구는 많은 것을 잃은 얼굴. 그러나 친구야, 네가 좋아하는 겨울이 오고 있다. 친구가 최근에 쓴 글은 시인의 삶에 관한 것이었다. 원고료를 밝히지 않은 청탁서를 받고 원고료를 되물을 때의 난감함이나 원고료 대신 거무튀튀한 쌀을 받았을 때의 곤혹 그리고 고료만으로는 먹고살지 못하는 삶. 그러니까 여러분 제 친구의 기쁨을 위해서 원고를 청탁할 땐 원고료가 얼마인지 정확히 밝혀주시고요, 쌀을 주실 거면 맛있게 먹을 수 있는 걸로 주세요. 편당 고료도 높여주시면 좋겠습니다. 그렇지만 여러분도 우수 문예지 지원 사업이 아니라면 먹고살기 힘들겠죠. 문학으로 먹고살기가 이렇게 어렵다. 그러니 젠더폭력 피해 경험 때문에 분노가 많아 '문학적인' 글을 못 쓰고 있다고 하신 분 그냥, 쓰세요. 그 분노는 좋은 밑거름입니다. 문창과에서는 안 되는 것만 배우는 것 같다고 하신 분. 시에 죽음이니 인생이니 하는 큰 말, 쓰셔도 되고요, 여성적인(?) 건 사소한 거라고 하니 쓰세요. 동성애는 보편적인 게 아니라니까 쓰시고요. 여러분, 안 되는 것에 되는 예술이 있다.

    얼마 전 문단 내 성폭력 공론화 이후를 의제로 이야기 나누는 자리에서 몹시 화가 나지 않는 얘길 들었다.

    ─해일이 오는데 조개를 줍느냐고 하는데, 조개 줍는 게 재밌더라고요.

    화가 나는 얘기도 들었다.

    여전히, 대학에서 문학을 가르친다는 이들이 학생들

에게 "야, 이년들아 문제제기할 거면 해봐, 내가 눈 하나 깜짝할 것 같으냐" "네 소설은 섹슈얼하지가 않아. 남자를 알아야 해" "네 시는 너무 중성적이다"(?)라는 말을 아무 거리낌 없이 내뱉고 있다는 '증언'이었다. 함께 있던 이 중의 한 명이 정말, 자연사가 답이냐고 혀를 차며 말했다.

　　문화체육관광부와 한국문화관광연구원에서 '우리나라 예술 분야의 성폭력 관련 의식과 실태를 파악하여 성폭력 방지를 위한 정책 활용'을 위한 실태조사 설문지를 이메일로 보내왔다. 작성해 보냈다. 정책과 기구가 풀지 못하는 화도 있지만, 정책과 기구가 있어야 풀리는 화도 있다. 실태조사 설문지는 보다 나은 예술 환경 조성에 목적을 두고 있다고 한다.

　　문화예술계 내 블랙리스트(와 화이트리스트)에 관한 진상 조사는 어떻게 결론이 났을까.

　　문단 내 성폭력 공론화 이후 피해자들은 여전히 생존에 힘쓰고 있고 가해자에게 협박당하고 있으며 너나 할 것 없이 아픔 속에 있다. 피해생존자들과 연대했던 이들도 하나둘 병들었다.

불바다를 만들겠어. 술만 먹으면 불바다 타령을 해대던 이가 나였다면 나는 나를 버렸을까.

나의 화는 지금 어디에 있는가. 사무원 김현은 매력 없구나,라는 말을 듣고 그해 겨울에는 화가 났었다.

바람

바람도 참.

바람을 피해 들어간 카페에서 하릴없이 앉아 있다가 오래전에 적어둔 글을 찾아 읽게 되었다. 본의 아니게 듣게 된 한 울음에 관한 것이었다. 그전에. 본의 아니게 듣게 된 옆 테이블의 대화는 영옥 언니에 관한 것이었다. 영옥 언니는 두부를 팔았다. 두부를 파는 영옥 언니에게 딸아들이 있었다. 두부라면 쳐다보기도 싫다던 작은놈이 이제는 정신 차려 두부를 팔고 큰애는 엄마 팔자를 닮아서 식당일을 한다.

— 영옥 언니, 아들딸 잘 키워놓고 불쌍해서 어떡해.

　　한 사람이 말하자 한 사람이 그래도 산 사람은 산다고 대꾸했다. 그러자 다시 맞은편에 있는 이가 조용히 고개를 돌려 카페 창으로 시선을 옮기며 말했다.

　　— 시간 참, 잘도 간다.

　　곧 두 사람은 시장에 가자며 일어섰다. 두 사람이 카페 밖으로 사라지자 카페 안으로 저녁의 어스름한 빛이 비쳐 들었고 그 빛을 보고 있자니 느닷없이 찾아드는 애상이 있어 글을 적게 되었다. 그전에. 한 울음에 대한 글은 이런 것이다.

　　아침에 이상한 울음이 벽을 타고 방으로 넘어왔다. 처음에는 배가 고프거나 발정 난 동물의 울음인가 했다. 낮고 잔잔하던 울음이 어어, 으으, 어으어으로 차츰 변하더니 말이 되었다. 엄마. 울음에서 엄마,라는 뜻 있는 말을 들었을 때, 비로소 울음의 진원지가 옆집에 사는 노파라는 것을 알게 되었다. 울음은 이십분 넘게 지속됐다. 나는 바로 누워서 이십분 넘게 울음을 들었다. 옆집 노파는 혼자 산다. 가끔 노파를 찾아오는 늙은 딸이 있다. 다세대주택에 오래 살다보니 심심찮게 옆집, 앞집, 뒷집의 소리를 듣게 되는데도 이번에 듣는 울음은 어쩐지 더 낡은 기분. 고독의 오프닝으로 더할 나위 없다는 생각이 들었다. 잠들었다. '시의 경우 원고료는 가급적 정기구독으로 대체하고 있습니다'라고 적힌 청탁서를 받았다.

그때는 무례한 청탁을 받고도 원고를 보냈다. 등단한 지 얼마 되지 않았을 때이므로 지면이 소중했다. 지금도 지면이 소중하다. 그래서 가급적 원고료를 달라고 하고 고료가 없는 잡지에는 작품을 발표하지 않는다. 단돈 3만원이라도, 며칠을 산다. 이런 구구절절한 작가의 삶이 애상에 포함되지는 않는다. 애상이란. 제주에 다녀왔다.

'제주퀴어문화축제'에 맞춰 가고 싶었으나 사정이 여의치 않아 조금 먼저 움직였다. 제주퀴어문화축제에 대한 소식을 들었다. 제주시가 혐오민원을 이유로 행사 개최 장소 사용 승낙을 철회했다는 소식에 골이 띵했다. 퀴어문화축제가 개최될 경우 제주의 '미풍양속'을 해치는 등 공공복리에 문제가 생길 것으로 판단했기 때문이라고 했다. 그즈음 서울에서 '퀴어여성체육대회'도 미풍양속 테러를 당했다. 동대문구청이 성소수자 혐오민원이 있다는 이유로, 미풍양속과 뜬금없는 공사를 운운하며 일방적으로 대관을 취소해버린 것이다. 공공기관에서 성소수자 단체의 시설 대관 신청을 거부하거나 취소한 사례는 과거에도 많았다. 서울시인권센터 시민인권보호관은 일부 공공기관의 설득력 없는 대관 거부 사례를 '평등권 침해'로 인정하기도 했다. 이쯤 되니 미풍양속 뭘까. 되묻지 않을 수 없다.

제주에 갈 때마다 한번도 가고 싶다는 생각이 들지 않은 곳이 성 박물관인지 공원인지 하는 곳이다. 자지빵을 팔고 공원 내 버젓이 성교 조각상을 세워두고 심지어 입장료도 받는 그곳은 얼마나 더 제주의 미풍양속에 부합하는지. 제주에서 퀴어문화축제가 열린다는 소식을 듣고 꽤 상쾌한 기분이 들었었다. 해안도로를 따라 이어지는 퍼레이드와 해변에서의 열린 파티는 외국의 청량한 여름 영화에서나 볼 수 있는 그림이었기 때문이다(다행히 제1회 제주퀴어문화축제는 법적 절차를 밟은 이후에 무사히 개최되었고, 퀴어여성체육대회는 체육관이 아니라 동대문구청 앞에서 정말, 운동여성성소수자귈기대회을 벌였다).

그럼에도 제주에서는 자주 우수에 젖었다.

자연에 가까워지며 인간은 너나 할 것 없이 초라해지니까.

해가 뉘엿뉘엿 지고 바람을 따라 갈대가 몸을 뉘고 바람이 물결을 밀어서 왔다 갔다 하는 풍경을 감상하며 작은 해변 언덕에 서 있노라면 삶의 터전에 대한 미련이 금세 사라지고 새로운 인생을 되돌아보게도 되었다. 바람같이 와서 바람같이 떠나는 삶이었어야 하리. 집을 떠나오면 누구나 대체로 한번씩은 뭐라 형언할 수 없는 기분에 빠져 홀로 된다. 그때나 되어서야 인생을 되돌아보고 그 정도는 아니더라도 어제의 나는 어째서 오늘의 나에게까지 오게 된 걸까, 옛사람이 떠올라 타전하고 싶어진다. 잘 지내나요, 저도 잘 지냅니다.

카페에 앉아 저녁을 맞이하고 눈이 침침하여 자리에서 일어나 나가려는 데 낯익은 이가 카페 안으로 들어서고 있었다. 영옥 언니였다.

'영옥 언니'라는 지칭을 시에 써야지 마음먹었다. 거기에 미풍양속을 담으면 좋을 것이다. 두부 파는 영옥 언니가 생애 처음으로 제주에 간다. 가기 전에. 영옥 언니는 만두

소를 만들기 위해 흰 보에 두부를 넣어 물기를 꾸욱 짠다. 그때 영옥 언니는 가지 많은 나무에 바람 잘 날 없단 할아버지 말씀이 옳습니다,라고 흥얼거리고. 한편, 검은 고양이 한마리가 카페 안을 어슬렁거렸다.

물

물을 좋아하는 친구가 혼인 축시를 부탁해 왔다.

친구는 물만 좋아하는 게 아니고 흙도 좋아하고 나무도 좋아하고 바위도 좋아한다. 그는 약력에 친구들과 함께 숲과 바다에 있길 좋아한다는 말을 적고, 겨울 산이나 동굴에서 하룻밤을 보내기도 하며, 자주 오래 걷고 오래 달린다. 그는 바르게 서야 할 때는 바르게 서고 거칠게 넘어져야 할 때는 거칠게 넘어져야 함을 아는 사람이다. 때때로 그가 시를 읽다가 혹은 시를 듣다가 눈물을 흘리며 우는 것을 목격하곤 한다. 취업하고 바빠 시를 쓰지 못하고 있고 그 못함을 최선을 다해 못하는 것이 시에 대한 예의라고 말하는 친구. 친구와 나는 오랫동안 시를 잡는 법을 배웠지만, 나는 시를 (잠시) 놓은 후의 태도를 그 친구에게서 배웠다. 그런 친구와 친구의 짝꿍을 떠올리자 해변이 보였다. 해변은 잡을까, 놓을까 궁리하기 알맞은 곳이다. 친구는 회사 일이 바빠 신혼여행을 바로 떠나지 못했고, 하루 뒤에 이런 후기를 인스타그램에 남겼다.

'저희 결혼 잘했습니다. 미처 시간이 안 됐거나 깜빡 잊고 못 오신 분들도 미안해하지 마세요. 저도 정말 자주 그러니까요.'

그가 예식을 앞두고 남긴 전언은 이런 것이었다.

'저와 여자친구는 같은 회사에서 일하며 서로를 알았고, 유쾌한 동료들과 함께 술을 마시며 가까워졌고, 곁에 있는 형, 누나, 동생, 친구들을 통해 서로의 삶을 신뢰했습니다.'

내게도 오래 사귄 이가 있다. 우리는 결혼을 원치 않

으며, 우리의 결혼은 언젠가 합법이 될 수 있다.

여자인 엄마와 남자인 아빠는 수십년 전에 이화예식장에서 식을 올렸다. 축시는 없었을 테고 주례는 있었을 테지만 둘은 주례대로 살진 못했고 검은 머리가 파뿌리 될 때까지 살라는 가르침은 묵묵히 수행 중이다. 두 사람을 위한 축시를 읽어주는 상상은 과거의 일일까, 미래의 일일까.

마음

부고를 받았다.

입동을 앞두고 또 한 이가 열심히 살다가 갔다.

어제는 몸 쓰는 꿈을 꿨다.

첫 수업이 있었다. 강사는 나의 몸을 관찰하는 내가 되어보는 것이 이번 수업의 목표, 지향, 목적 같은 것이 될 것이라 말했다. 편안한 자세로 누워 눈을 감습니다. 정수리로 숨을 쉽니다. 가슴으로 숨을 쉽니다. 배꼽으로 숨을 쉽니다. 장기로 숨을 쉽니다. 그러면서 내 몸이 어떻게 변하는지 관찰해봅니다. 내 몸을 보려고 노력해봅니다. 강사의 목소리에 맞춰 머리부터 발끝까지 숨을 순환케 했다. 슬펐다. 몸을 벗어나 몸을 바라보는 일은 슬픈 거구나 싶었다. 자, 이제 눈을 뜹니다. 강사가 내게 물었다. 어때요, 나의 몸을 볼 수 있던가요? 저는 제 몸이 슬펐습니다,라고 말했다. 몸을 바라보려고 하다보면 어떤 감정과 만날 때도 있습니다. 감정을 지나 더 깊숙이 들어가면 내 몸을 관찰할 수 있습니다. 슬픈 몸에서 벗어나봅니다. 그때부터 강사는 나와 계속 눈을 맞췄다. 요즘 지속되고 있는 감정은 대부분 몸에 의한 것인데 그 감정을 모두 지나치면 어떤 몸을 대면할 수 있다는 걸까.

    어제만 해도 고등어구이에 밥 한그릇을 비운 이가 오늘은 어디에도 남아 있지 않다.
    누구나 하루아침에 홀연히 세상과 등질 수 있음을 아는데도 죽음은 늘 허망하다. 그러니 친구야, 살자. 살면서 시도 쓰고, 소설도 쓰고, 영화도 만들자. 그리고 선배는 꿈에서도 만나지 맙시다. 두번째로 씁니다. 나는 가해자의 이

름을 똑똑히 들었고 그 이름을 언제든 어디서든 누구에게
든 말할 수 있습니다. 그걸 기대하십시오. 차별과 혐오를
넘어 무지개. 영옥 언니 맛있게 먹고 건강하게 살아요.

옛날 이 무렵이면 시장에는 무와 배추가 가득 쌓이고,
갈까마귀의 배에 흰색의 부분이 보이면 이듬해에 목화가
잘된다고 하였다. 또한 입동에 날씨가 따뜻하지 않으면 그
해 바람이 독하다고 하고 그해 새 곡식으로 시루떡을 만들
어 먹고, 농사에 애쓴 소에게도 가져다주었다고 한다.

꿈에서 마음을 쓰면 몸에서 마음이 멀어진다는 말을
어디서도 들어보지 못했다.

나는 그렇다.

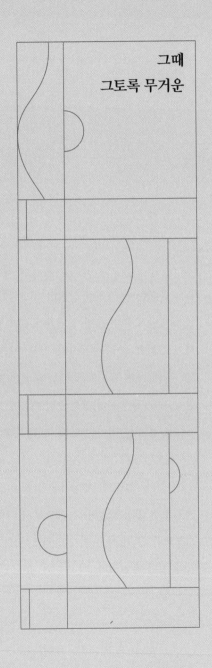

그때
그토록 무거운

쓴다는 건 몰락을 경험하는 것이다.

지난겨울 병세 형이 떠났다. 그와 나는 국문과 선후배 사이로 함께 술 마시고, 데모하고, 시를 썼다. 그는 영민했고 괴팍했으며 글쓰기에 재능이 있었다. 사람을 관찰할 줄 알았고, 꿰뚫어 보았으며 그런 이유로 친구나 연인을 자주 떠나보내고 늘 적이 많았다. 또한 바로 그 때문에 그가 쓰는 시는 언제나 '나'로 수렴됐다. 그는 외로웠다. 그와 나는 2003년부터 2010년까지 어울려 지냈다. 당시에 나는 그를 친구로서 좋아했으며, 사람으로서 따랐고, 습작생으로서 동경했다. 그의 시는 내가 맞닥뜨린 최초의 문학적인 삶이었다. 그가 유일했다.

"쓰고 싶은 게 뭐냐?" 그가 물었다. 새벽이었다.

'한터소리'라는 풍물패 동아리방에서였다. 신문을 깔고, 덮고 잠든 이들 사이에서 그와 나는 버티고 있었다. 옥상에 올라 해를 보기 위해서였다. 내가 말했다.

"저는 글로리홀에 관해 쓰고 싶어요." 최초의 문학적 자백이었다.

그 시절 나는 욕망했다. 몰락하고자. 글로리홀에서 한 남자를 만나 사랑에 빠진다. 동서울종합터미널이나 상봉 시외버스터미널 남자 화장실에 그렇고 그런 군인들이, 남자들이 출몰한다는 괴이한 소문을 좇아서 처음으로 화장실 주위를 어슬렁거려본 건 열아홉살 때였다. 서울 도심의 한 공원에서 '크루징'이 이루어진다는 '이반시티' 게시 글을 보면 상상하곤 했다. 한 남자와 한 남자가 만나서 서로를 침략하고 둘 다 패잔병이 되어 공원에서 서둘러 도망가는 모습을. 나는 글로리홀 앞에 서보지 않았으며 공원에서 지퍼를 열지 못했다. 몰락해보지 않았으므로 나는 오랫동안 몰락했다.

"쓰면 되잖아." 그는 말했다.

그리고 나는 썼다.

구멍이 아니라 구멍 안 세계에 관해서. 그 세계는 퀴어 세계가 아니라 퀴어한 세계였다. 자신의 성별, 성정체성, 성적 지향 등과는 무관하게 나는 어째서 세계와 불화하는가를 고민하는 구멍 난 자들의 세계, '론리 하트'였다. 존재,라고 자신을 명명할 수 있는 그 누군들 퀴어하지 않은 이가 있을까. 쓴다는 건 누군가, 무언가, 어떤 세계와의 불일치를 다시 경험하는 것이다. 부재에 관한 선험적 인식이 문학을 가능케 한다. 한 존재가 세계와 일치하는 유일한 방법은 죽음뿐이므로 문학은 탄생의 산물보다는 죽음의 산물에 가깝다. 그 때문에 독자는 문학을 통해 죽어 있는 것을 살리는 경험, 즉 신을 경험하게 된다. 우리가 문학을 통해 얻는 경탄은 본질적으로 부활의 신성함에서부터 솟아나는 것이다. 작가가 자신의 기록(문학)에 품을 수 있는 거의 유일한 희망은 그것이 자신보다 더 오래 살아남는다는 것뿐이다. 작가는 나의 부재가 아니라 나의 존재를 증명할 죽음–문학을 (부질없게도) 갈망한다. 그러나 나 자신,

작가는 안다. 씀의 영원불멸한 진실은 썼다는 사실뿐이라는 것을.

"세상이 다 조용하다."

그날, 그와 나는 옥상에 올라 떠오르는 해를 보지 않았다. 대신(그와 나는 그 밤의 대화를 단 한번도 복기하지 않았다. 마치 그것이 우리 각자의 신비로운 문학적 시원이 되리라는 것을 예상이라도 한 것처럼) 우리는 신문을 깔고, 덮고 누워 잠을 청하면서 무거운 것에 관하여 생각했다. 그날 이후, 오랜 시간이 흘러 그는 「어떤 날」이라는 시를 썼고, 나는 「블로우잡」이라는 시를 썼다. 그의 시에는 '나'가 나오고, 내 시에는 '너'가 나온다. 두 존재는 죽어 있다.

병세 형의 죽음은 그의 의도대로 쓸쓸했다. 자신의 고독을 가족들에게조차 보여주기 싫어서 그는 '이 지경이 될 때까지' 홀로 견디다 죽었다(고 전해 들었다). 그와 나는 2009년 겨울 이후부터 불화했다. 그는 찬란한 시절을 허송세월로 보냈다. 그러나 그는 계속해서 썼을 것이다. 썼다는 건 적어도 살아 있었다는 깃. 비록 그 살아 있음이 매번 구멍을 그리고 그 구멍 안에 다시 구멍을 그리고 또 그리는 무한한 몰락일지라도. 형, 우리는 당분간 외로운 심장이 아닐까요? 그에게 미안하다. 지금, 이 순간 나는 그의 죽음이 아니라 그가 남긴 몰락의 산물이 궁금하다. 그는 대체 어떤 시를 남몰래 썼을까. 그는 두어권의 문집에 여러편의 시를 남겼다. 문학은 돌이킬 수 없다. 작가가 이미 세상과 안녕을 고했음에도 불구하고. 그때 그토록 무거웠던 것이 문학이었다는 사실을 나는 그를 떠나보내고 돌연 알았다. 쓴다는 것은 너의 부재를 경험하는 것이다(그는 아마도 지금의 나를 용납하지 않을 테다).

어떤 날

　　　─이력서 넣은 데서는 연락이 없고 아무도 안부 전화도
걸어오지 않는 어떤 날이 있다. 새삼 작은 방 안의 먼지들만
보이는, 어떤 날이 있다. 닦아내고 털어내도 먼지는 또 묻고
쌓여간다. 먼지와 이길 수 없는 건데 먼지를 지워내고 싶은,
어떤 날이 있다. 돌아보지 않으면 사물들에 먼지가 쌓이듯
아무도 돌아보지 않는 사람은 그만큼 먼지가 쌓여 있다.
사람에게 쌓인 먼지들만 보이는, 어떤 날이 있다.

외출에 실패하고 돌아와 몹시 구겨졌던 몸을 조심스
럽게 편다 나는 겨우 서른이 되어서야 아무것도 깔지
않고 맨방바닥에 노란 이불 하나 덮고 잠이 든다 가족
들의 숨소리가 조심조심하였고 더러 한숨 쏟아져 나
오던, 큰 추위 大寒 지난 바깥에서 화난 바람 불던 밤,
한 사내가 정신을 다 비운 뒤 그토록 무거운 외투도 벗
지 않고 잠들던 그때처럼, 우리 아버지처럼

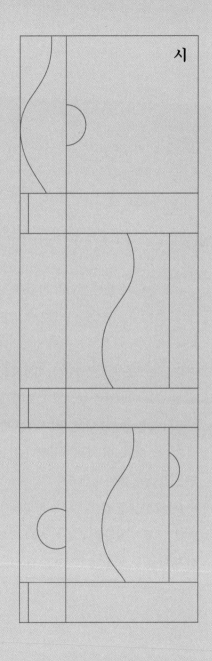

시

오늘은 시 한편 전하려 합니다. 산문을 조금 덧붙입니다. 곧 읽게 되실 시는 어딘가에 발표한 적 없는 작품입니다. 요새는 시 청탁도 거의 없습니다. 그래서 1인 문예지를 만들어볼까 생각합니다. 실행하진 않을 겁니다. 괴로울 걸 알고, 흥미로울 걸 알고 뭣보다 제가 시만 쓰는 게 아니라서 그렇습니다. 시만 쓰며 사는 인생 하면 에밀리 디킨슨Emily Dickinson이 자동 연상됩니다. 1830년에 태어난 시인은 생을 마감하기 전까지 1775편의 시, 1049통의 편지, 124편의 산문을 썼습니다. 쓰고 싶어서 썼겠지요. 쓰지 않으면 안 돼서 썼다,라고 쓸까 하다가 쓰지 않았습니다. 그런 말이 오용, 남용되며 작가를 신화로 만들어버리기도 하니까요. 요즘은 작가란 말이야 하며 입을 터는 이들이 많이 줄어들긴 한 것 같습니다만, 그런다 한들 저는 이제 그딴 소리, 별로 놀랍지도 않아서 콧방귀로 대꾸 가능한 중년이 되었습니다. 콧방귀 하니, 대한민국예술원에 관한 소식 알고들 계신가요? 예술 창작에 현저한 공적이 있는 예술가를 우대, 지원하고 예술 창작활동 지원사업을 통해 예술 발전에 이바지하기 위해(휴 —) 1954년에 설립된 곳이라는데, 저는 있는 줄도 몰랐던 곳. 예술원 회원이 되려면 기존 예술원 회원들의 심사와 인준이 필요합니다(사이즈 나오시죠). 회원을 굴비 엮듯… 회원의 임기는 평생이며, 회원은 문체부 예산으로 매월 180만원의 정액수당을 받습니다. 흥! 부러워라. 공돈. 예술 하며 공돈 챙기기 쉽지 않습니다. 이기호 소설가가 "대한민국예술원법 개정과 대통령령으로 정한 회원에 대한 수당과 연금 지급 항목을 개정하고, 대통령령으로 정한 예술원 사무국의 조직과 정원을 조정해 국가 인력 낭비를 막아달라"고 했다는 뉴스는 검색해서 찾아보시기 바랍니다.

콧방귀를 희망의 제스처로 여기는 이도 있을 겁니다.

지난 주말, 저는 디킨슨이 희망을 노래한 시에 대롱대롱 매달려 있었습니다. 전날 밤에 산다는 것에 관하여 호와 이야기 나누었기 때문이지요. 산다는 거. 그 울화의 불씨를 남들은 어떻게 꺼트리고 사는지 궁금해서 인스타그램을 들여다보고 또 보고. 예전에 「보고 또 보고」라는 문화방송 일일연속극이 있었는데, 임성한 극본. 일일연속극 역사상 최고의 시청률인 57.3퍼센트 기록. 예나 지금이나 막장 드라마를 보며 울화를 푸는 이들이 많다는 사실 잘 알겠고요. 어떤 이는 거기에서 희망을 발견하기도 했을 겁니다. 내 인생 저 정돈 아니잖아. 디킨슨이 쓴 그 희망에 관한 시는 한글 번역본이 다양합니다. 희망은 한마리 새, 희망은 날개 달린 것, 희망은 깃털 달린 것… 그러나 어쨌든 그 모든 판본은 희망은 빵 한조각 달라고 하지 않았다,라며 끝이 납니다. 1800년대의 결말. 요즘 희망은 빵을 좀 달라고 하지 않나요? 희망과 빵 옆에 시를 살짝 놓아보고 싶어졌습니다. 오드리 로드Audre Lorde는 시는 사치가 아니라고 썼습니다. 1977년에. 백인 아버지들은 생각하므로 존재한다 말하지만, 흑인 어머니는 느끼므로 자유롭다 (꿈속에서) 속삭인다. 시는 그 꿈의 실행을(혁명적 요구를) 선언하는 새 언어를 만들어낸다. 시를 사치라고 폄하한다면 그것은(여성됨이라는 힘) 미래를 포기하는 것이라고 시인은 얘기하지요. 오드리 로드의 '행동을 위한 에세이'를 모아놓은 책 『시스터 아웃사이더』후마니타스 2018는 1984년 미국에서 출간되었고, 34년이 지나서야 한국에서도 읽을 수 있게 되었습니다. 이 책은 우리가 삶을 성찰할 때,라는 말로 시작해 우리가 진실을 말한다면,이라는 말로 끝납니다. 삶을 성찰해야만 진실을 말할 수 있다. 울화의 불씨가 진실의 불씨가 된다는 말. 예술 인생 30년, 예술 공적을 인정받고 월 180을 받는 위치가 되면 그때부턴 어떤 꿈의 실행을 위해, 진실을 위해 예술을 하게 될까요. 희망과 빵과 시 옆에 당신은 무엇을 두겠습니까.

　　이제 곧 보시게 될 시는 이소연 시인이 인스타그램에 올린 게시물을 보고 쓰게 된 것입니다. 시인이 올린 게시물은 총 769개인데요(2021년 8월 24일 기준), 그중에 제가 어떤 게시물을 보고 이 시를 시작하게 되었는지 맞히시는 세 분께(DM 접수, 선착순 마감) 선물을 드리도록 하겠습니다. 메시지가 없으면 제가 저한테 선물 세개 주고요(경북 경주에 사는 b님, 서울 서대문구에 사는 h님께 케이크 교환권 전달 완료). 가을장마가 시작되었습니다. 호와 교제 15주년을 기념하며 본 영화는 하필 「올드」Old, 2021이고 연이어 본 영화가 또 「우리, 둘」Deux, 2019이고. 호와 기념선물을 서로에게 사주자며 백화점에 갔다가 아무것도 사지 않고 떨이 판매 중인 빵을 사 들고 왔습니다. 만원에 세봉지. 그날의 일로 시를 쓰지는 않을 겁니다. 시의 제목이 다소 깁니다.

덧없이 덧없이 덧없이 쓰다보면 덧없이는 덧
없이를 잃고 덧없이 덧없이 덧없이 덧없이 덧
없이 기차는 먼 곳을 향해 덧없이 덧없이 덧
없이 덧없이 덧없이 덧없이 덧없이 창밖을 내
다보면 덧없이 덧없이 덧없이 덧없이 덧없이
흔들리고 덧없이 덧없이 덧없이 덧없이 날아
오르고 덧없이 덧없이 덧없이 덧없이 반짝여
라 덧없이 덧없이 덧없이 덧없이 덧없이 역에
내려 덧없이 거니네

호박씨를 깠다

들풀 사이 빨간 꽃들

흔들리고

이름을 물어봐도 아는 이가 없었다

바람이지

바람

언덕을 걸을 때는

모든 무릎이 입을 다물고

혼자이고 싶으니까

그때뿐이라도

씨 봐라 씨

죽음에 관하여

누가 손 내밀며 가자고 하면

간다 그때는

그때뿐이지 기회는

어차피 인생 나 혼자 왔다 나 혼자 가고

뭐가 있는 것 같은데 결국 없어

그런데도 한순간 감탄하고

캬

목구멍에 걸려 있던 걸

뱉어낸다

어쭈구리

생명의 복부에 힘을 주며

때려보란 식으로

청둥오리 한쌍이 수면에

받침을 놓아 물결을 쓰고

그 언어 속으로 고개를 숙였다 들며

그게 뭐라고

다들 사진 찍고 동영상 촬영

다신 안 볼 거면서

어차피 잊을 거면서

사랑할 땐 제발 사랑만 하고

죽어라 발버둥 치는 거잖아

들풀 사이로

요즘은 그게 왜 이렇게 하고 싶니

이해되지

소화가 돼

사랑이니 죽음이니

영혼이니

영원이니 불멸이니 그런 말을 막 갖다 쓰고

잘 먹고 잘 싸는 게

시다 그런 소리가

또 인생에 뭐 큰 도움이 되는가

성에 차지 않지만

남의 장례식에 가서

고인이 좋은 사람이었던 것만은 아니잖아요

그런 놈 그런 년

그러려니 하지 못해

제발

뒤통수는 살아 있을 때 쳐라 하면서

뒤통수를 쳐

후련하자 죽음 앞에선

그게 시다

오리 날고

걷다보면

꽃을 꺾는 이가 남아 있긴 하나

본 적이 없어서

꽃값이 비싼데

다들 어찌 사나

이름을 물어도 대답하는 이 없고

건강하게 오래는 살고 싶어도

사랑

그게 꼭 목숨이고

진실이고

속마음이지는 않아도 되고

어차피 인간은 늙으면

못 흔들리니까

씨는

씨 되어

가고

바람은

바람이지

이딴 소릴 지껄이는 애들은

사랑도 꼭 그렇게 하고

시도 꼭 그렇게 쓰고

살아도 꼭 그렇게 살고

갈 때도 꼭 그렇게 가더라

흔들면서

자기는 안 흔들리고

남은 흔들어놓고

이름도 안 알려주고

들풀 사이로

물빛 찬란하게

부고도 없이

호박씨 까듯이

그 자리에서 보면
기차는 겨우 아름다운 다리를 지나가고
손 흔들 새도 없이

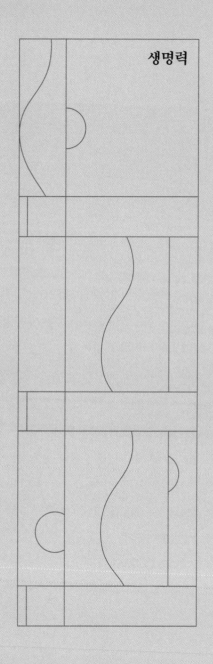
생명력

하젤 장미 일곱송이를 사 왔습니다. 요전에 시들어가는 아이리스 한다발을 판매한 게 미안했는지 꽃집 주인은 "얘들은 생명력이 길어서 오래 볼 수 있을 거예요"라고 말을 건네더군요. 그의 말마따나 꽃들은 한참이 지나 하나둘 시들었습니다. 지금은 단 한송이가 화병에 오롯이 꽂혀 있지요. 일곱송이 중에서도 생명력이 가장 긴 한송이. 편집자 이환희씨에 관한 추모의 글을 청탁받고 그 꽃 한송이를 유난히 자주 들여다봤습니다. 꽃잎 하나 떨구지 않고 느리게 쇠락해가는 꽃.

환희씨의 반려인 지은씨에게 부고를 받은 건 2020년

11월 21일이었습니다. 환희씨가 호스피스 병동 1인실로 옮긴 지 11일 만이었지요. 환희씨가 마지막으로 머물렀던 방은 14층, 108호였습니다. 환희씨의 마지막 거처가 14층 '새싹호'나 '병아리호'라면 어떨까. 그런 생각을 하는 것으로 저는 환희씨를 따뜻하게 해주고 싶었습니다. 아픈 사람에겐 병원의 모든 숫자가 지나치게 차가울 테니까요. 지은씨가 페이스북에 "환희씨는 기도 같은 보이지 않는 힘을 믿는다고 한 적이 있습니다. 그를 위해 기도 부탁드려요"라고 남긴 글을 보고는 '그런 사람이었구나' 하고 환희씨의 새로운 면모를 알게 되었습니다. 여러번 기도했습니다. 조금만 더. 한번만 더. 볼 수 있게 해주세요.

　환희씨와 처음 만났던 날에 대한 기억은 가물가물합니다. 삼사년 전인가, 마포구청역의 한 선술집이었던 것 같습니다. 그 술집의 이름은 (지금 생각해보니) '노을'이었습니다… 그곳에서 작가 은유, 시사IN 기자 장일호, 봄날의책 대표 박지홍 그리고 환희씨와 저는 처음으로 다함께 인사를 나누었습니다(이후 넷은 그룹 채팅방을 개설하고, 종종 만나 술을 마시고, 집들이하고, 축하하고 축하받을 일이 있으면 모였다 흩어지며 우정을 키웠습니다). 그날, 환희씨에 대한 인상은 또렷하게 생각납니다. 웃을 때 볼이 오목하게 들어가는, 말할 때보다 들을 때 더 편안해 보이는, 조심스러운, 침착한, 가는 눈매에 담긴 장난기, 책에 관해 말할 때면 갑자기 진지해지는 사람. '우리 저자'(은유)를 다정하게 바라보는 환희씨를 보면서 저는 그를 '우리 편집자'로 만나고 싶었습니다.

'책임편집 이환희'라고 적힌 책에 제 이름을 올리게 된 건 그로부터 얼마 지나지 않아서였습니다. 저는 그가 동녘 출판사를 떠나며 마지막으로 만든 책 『페미니스트 선생님이 필요해』2017에 공동저자로 참여하며 우리 편집자와 일곱통의 메일을 주고받았습니다. 환희씨는 원고를 청탁하는 첫 메일에서부터 저를 미소 짓게 하고("당연한 이야기지만 부담 갖지 말고 거절하셔도 됩니다") 마지막 메일에서는 퇴사 소식을 알리며 이렇게 살뜰히 사람을 챙겼습니다. "20일까지 입금되지 않을 경우에 관리부 OOO 부장님께

연락 한번 부탁드립니다." 환희씨가 교정지에 빨간색으로 타이핑해 보내온 피드백에는 세개의 물음표가 있었습니다. '어떨까요? 없을까요? 없는 거죠?' 그가 전해온 물음표 덕에 저는 편집자의 물음표가 저자의 물음표와 연결될 때 글에 또다른 대답이 생기기도 한다는 것을 경험했습니다.

　　편집자 이환희씨의 첫 책은 『저항 주식회사』피터 도베르뉴 외 지음, 동녘 2015입니다. 머리카락을 엄청나게 빠지게 만든 책이라고 해요. 오탈자가 쏟아져서 뿌듯함은 잠시, 자괴감이 컸다고 합니다. 환희씨가 두번째로 만든 책은 『비보호 좌회전』강은주 지음, 동녘 2015. 사회과학서는 은유적인 제목을 피하면 좋다는 것을 배웠다고 합니다. 그가 '자체 기획 1호 저자' 홍승은과 함께 만든 책은 『당신이 계속 불편하면 좋겠습니다』동녘 2017이고요. 환희씨가 홍승은 작가에게 출간을 제안하면서 "만약 자기가 남자라서 책 작업을 진행하는 데 불편을 느낀다면 기획 단계에서만 자신과 작업하고 이후에는 여자 편집자로 바꾸어드리겠다"라고 한 말이 화제가 되었다고 합니다. 강남순 작가는 환희씨와 작업한 책 『배움에 관하여』동녘 2017 서문에 "편집자라는 직업이 단지 기능인이 아니라는 것을 나는 이환희 편집자와 함께 일하는 과정에서 경험해왔다. 상상력과 따스함, 그리고 예리함과 열정을 갖춘 편집자를 만난 것은 나에게는 참으로 큰 행운이다"라고 밝혀 적었다고 합니다. 모두 은유 작가가 지은 『출판하는 마음』제철소 2018을 읽으며 알게 된 사실입니다.

환희씨와 『다가오는 말들』어크로스 2019을 함께 꾸린 은유 작가는, 제가 곁에서 지켜본 바에 의하면, 편집자 이환희와 함께라면 더 열심히 듣고, 더 정확히 말하는 저자로 거듭날 준비를 거듭하는 듯했습니다. 그러나 이제 제 친구 은유는 친구 환희 덕분에 쉬어가자, 하고 마음먹었습니다.

환희씨는 이제 쉬어갈 수 없게 되었습니다. 그것이 슬픈 일입니다.

"저는 사람들에게 성장의 발판이 될 수 있는 책을 제공하고 싶어요"라고 환희씨는 생전에 말했습니다. 그러니 이렇게 화답하겠습니다. 환희씨로 인해 사람은 사람으로 인해 생장하는 것이라는 걸 새삼 깨달았어요.

10월 5일. 환희씨를 보러 갔다. 화사한 기운을 전해주고 싶어서 붉은 장미와 분홍색 꽃도라지를 섞은 다발을 만들어달라고 했다. 이렇게 화려해도 괜찮은 걸까? 9월 12일. 환희씨가 카카오톡에 남긴 메시지. 곧 또 같이 건강한 밥 먹고 리아 뿌려준 둘레길로 걸으러 나가요. 8월 1일. 수술을 마친 환희씨네 놀러 가 건강식을 나눠 먹으며 놀았다.

환희씨에 관한 글을 쓰려고 여기저기를 뒤졌습니다. 환희씨와 나눈 대화, 환희씨가 건네준 엽서, 환희씨가 만든 책을 찾아보았지요. 환희씨에 대한 정보를(맙소사, 정보라는 말을 써도 되는 걸까요) 찾아가면서 글을 쓰는 일이, 그런 직업정신이 왠지 모르게 죄스러웠습니다. 글의 진도를 빼지 못하고 주저했습니다. 그런데 지은씨가 환희씨를 추억하며 인스타그램에 남기는 글을 따라 읽게 되면서, 그 일을, '이환희 정보 찾기'를 기쁜 일로 삼았습니다.

환희씨의 별명이 '환희버터칩'이었던 연애 시절 이야기, 노래 실력이 수준급이었다는, 수제 버거를 좋아했다는

(환희씨와 수제 버거를 먹고 노래방에 갈 수 있는 찬스를 놓쳤다니!) 이야기, "아, 나 자꾸 거품 끼는데"라는 (아마도) 환희씨의 겸손한 입말… 제가 모르던, 알 수도 있었던 그 무수한 환희들을 생각하니 앞으로는 당신을 알아가는 기쁨 속에서 우리의 우정을 이어가고 싶어졌습니다.

이제 화병 속 장미는 꽃잎 끝이 갈색으로 변하며 점차로 생기로움을 잃어가고 있습니다. 그런데 오늘은 이상한 일이 있었습니다. 환희씨를 생각하다가 책상에 떨어진 작은 초록색 잎을 발견했습니다. 그것은 저녁에 먹었던 금실 딸기 잎이었습니다. 그 잎을 코에 대고 향을 맡는 순간에 생명이 느껴져서 눈시울이 붉어졌습니다.

환희씨, 우리가 딸기를 나눠 먹은 적이 있었던가요?

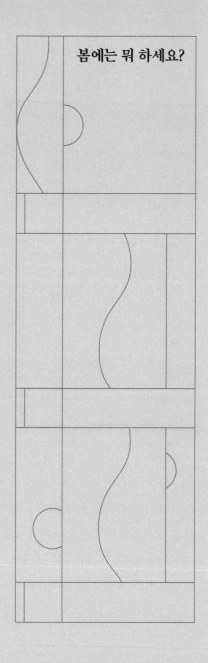

봄에는 뭐 하세요?

밤

창

별

숨

잠

그리고 어깨

강아솔의 노래를 들으며 사랑을 달리 부를 수 있는 말이 이렇게나 많구나, 하고 고개를 먼저 끄덕였다. 봄. 정말 봄이구나. 창밖을 내다보니 마침 회갈색 직박구리 한마리가 날개를 펴고, 이 나무에서 저 나무로 재빠르게 움직이고 있었다. 그 생명의 몸짓에서 사랑을 보았다고 한다면 믿으실지. 손님이 한명도 없는 카페에 앉아 실로 오랜만에 말갛게 미소 지었다. 식은 사과차에 미지근한 물을 넣어 마셨는데도 제법 따스한 기운이 몸에 돌았다. 몸이 따뜻해지는 일도 역시 사랑이고, 들키는지도 모르고 혼자 웃는 일도 사랑이다. 누군가에게 기대고, 말없이 어깨를 낮추는 것은 각각 아름다운 일이지만, 역시 엇갈리지 않고 동시에 이루어질 때 더 사랑스럽다. 나란히 숨을 고르는 일. 사랑은 모쪼록 그런 일.

유리창을 투과해 들어온 볕이 탁자 위에 긴 선을 드리웠다. 이런 빛을 만나면 어째서 꼭 손을 내밀게 되는 걸까. 백합이 놓인 앨범 커버를 보며, "순해진 마음을 가만히 안고서"「사랑을 하고 있어」라는 노랫말을 줄무늬 노트 위에 연필로 가지런히 적으며 한 사람을 떠올렸다. 나는 그를 짝꿍이라 부르고, 호라고 부르고 파트너라 부르기도 하지만 종종 빛이라고 쓴다. 우리는 오래전에 만났고, 지금은 함께 사는 중이다. 빛과 내가(그림자가) 정말 좋아하는 '우리의 일'은 잠이 들기 전에 서로의 이마를 짚어주거나 새끼손가락을 살짝 잡아주었다 놓는 일. 먼저 잠든 사람의 얼굴을 바라보거나 발등을 쓰다듬어주는 것이다. 그런 사랑의 일상을 머릿속에 그려보고 있으니 문득 궁금했다. 강아솔은 우리가 우리의 일을 그토록 아끼는 까닭을 어떻게 알고 있는 걸까. 마음이 순해지는 일, 사랑.

손등에 어른거리는 빛을 보며, 강아솔이 나직하게 읊조리는 목소리를 들으며, "너를 보면 나 사랑을 하고 있어"라는 신비로운 사랑의 합일을 확인케 하는 노랫말 덕에 마음속 불길이 번져서, 나는 원목 티트레이 옆에 연필을 조용히 내려놓고 봄에는 뭐 하세요,라는 물음에 이렇게 답할 준비를 끝냈다.

사랑, 하죠.

| 작가의 말 |

신내역에서 춘천행 경춘선을 타면 평내호평역을 지나치게 됩니다.

지난 주말, 신내에서 남춘천으로 가며, 남춘천에서 신내로 오며, 신내에서 대성리로 가며, 대성리에서 신내로 오며 평내호평이라는 지명에 관해 생각했습니다. 평내호평, 평호내평. 유래를 알지 못한 채로 평평. 호호. 내내. 어감에 따라 생각을 펴보고 불어보고 흘려보냈습니다. 휴대전화 메모장에 평내호평, 하고 네글자를 적어둔 건 네번째로 평내호평역을 지나쳤을 때입니다. 평내호평 말고는 아무것도 적지 않고 메모장을 닫으며 언젠가 쓰게 될 시 또는 소설 또는 산문의 제목으로 삼아야겠다고 마음먹었습니다.

요즘은 이런 다짐을 수시로 하며 살고. 그래서 그런 마음을 까맣게 잊고 있다가, 조금 전에 불현듯. 휴지, 보리차, 서리태, 견과, 과일, 햇반, 요거트. 마켓컬리에서 주문할 것이라는 호의 메모를 보며 평내호평을 다시 떠올렸습니다. 아니 평내호평이라고만 적어둔 메모에 '생각 포스트잇'을 붙이기 위해 검색했습니다. 평내호평의 유래. 평내는 궁평리와 장내리의 평내에서, 호평은 호만리와 평촌리의 호평에서 유래한 것으로⋯(평내역이 평내동과 호평동의 경계로 이전하자 호평동 주민들이 계속해서 역명 변경을 요구했고, 2006년 8월에 역명이 바뀌었다고 합니다). 괄호 친 부분은 이 글과 그리고 앞으로 평내호평을 제목으로 삼아 쓰게 될 글 어디에도 삽입되지 않을 겁니다. 평내호평을 제 뜻대로, 제 식대로 쓴다면⋯ 평내호평은 그저 스치듯.

　　살짝 닿거나 닿을 듯이 가깝게 지나가다.
　　이제 이런 뜻풀이를 보면 죽음이 아니라 삶을 먼저 매만집니다.

　　신내에서 출발하는 춘천행 열차를 타고 갈매 지나 별
내 지나 퇴계원을 지나 사릉 지나 금곡 지나 평내호평을
지나갈 때, 황정은의 『일기日記』창비 2021 중 "12년 전 어둠
이 내린 섬에 은교씨와 무재씨를 남겨두고 소설을 마무리
하면서 나는 그들이 누군가 만나기를 바랐고 그 뒤로도 내
내 그걸 바랐다. 그들을 두고 온 것이 마음에 걸려 책을 내
고도 몇년 동안 그들을 생각했고 그 밤, 그 길을 가는 두 사
람을 상상했다. 하지만 이제 나는 그 길에 남겨진 두 사람
을 더는 상상하지 않는다. 그들은 이제 거기 없다. 누군가
가 그들을 목격했을 테니까"라는 단락을 읽었습니다.40면
천마산 지나 마석 지나 대성리에서 내려 걸으면서 내내 그
단락이 잊히지 않아서 아무도 없는 길가 나무 의자에 앉
아 북한강을 보며 울었습니다. 깨끗하게. 이제는 어디서든
잘 울고, 누구에게든 눈물 보이는 일이 부끄럽지 않습니다.
세수하면 되니까. 손 씻고. 배가 고파서 '착한 닭갈비'에 혼
자 들어가 앉아 숯불 닭갈비 2인분을 시켜놓고 맥주 한병
을 마셨습니다. 열두 테이블엔 한쌍의 이성애자가, 한무리
의 가족들이, 2대 3대가 모인 가족들이 앉아 있고. 그런 밤

상 풍경을 볼 때마다 종종 동성애자들은 어디에서 데이트하고 어디에서 서로에게 상추쌈을 싸주고 손을 잡고 걷는지를 궁금해했습니다. 고기를 태우고. 가뿐한 마음. 걷고. 기를 쓰고. 글을 쓰고. 오늘은 실패하지 않았습니다. 왜냐하면 하늘을 자주 올려다보았기에. 그 하늘엔 구름. 신(神). 신께 기도하면서(가령, 구내염 빨리 낫게 해주세요) 열차 타고 집으로 돌아와 목욕재계하고 호를 졸졸 따라다니며 귀찮게 하다가 오징어링과 야채고로케를 곁들인 카레를 저녁으로 먹었습니다. 크게 배웠다는 것을 알고. 자랑했습니다. 대성리에서 주워 온 나뭇잎을. 그 나뭇잎은 줍지 않고 지나쳤다가 다시 돌아가 주워 온 나뭇잎. 벌레 먹은 나뭇잎. 구멍이 두개인 그 나뭇잎은 『일기日記』의 「산보」 위에 얹혀 있고.

얹혀 간다.
문학 하는 삶도, 문학 하지 않는 삶도.
이제 이런 문장을 적을 때면 여러 사람이 자연히 떠오르고. 그것을 기쁨으로 여깁니다.

　　여기까지 적고 평내호평이라 제목을 붙인대도 어색하지 않겠으나, 언젠가 쓰게 될 시 또는 소설 또는 산문에는 두 사람이, 살짝 닿거나 닿을 듯이 가깝게 지나간 두 사람이, 서로에게 얹혀 가는 두 사람이, 신내역에서 경춘선을 타고 남춘천으로 가다가 평내호평역에서 내려 산보하다가 결국 울게 되는 두 사람이 나오면 좋겠다고 생각합니다. 다정해서 다정하기 싫은.

　　두 사람, 그밖의 사람들을 목격하는 일.
　　꽤 오랫동안 그런 걸 쓰기 위해 애썼습니다. 애쓰고 있습니다.

　　애쓰며 살지 않는 사람은 없다. 일요일에 경춘선을 타보기만 해도 알게 됩니다. 이 많은 사람이, 이 세월을 허송으로 보내기 싫어서 이토록 절실하게 꼿꼿하게 흔들리며 손깍지를 끼고 서로의 어깨에 머리를 기대고 웃고 떠들고 눈 감고 기도하며 먼 곳을 향해 간다는 사실을. 자신들을 기다리는 것이 오로지 기쁨뿐이라고 믿으며.

그래도 작가는 말합니다.
기쁨과 슬픔을 평평하게 밀어서 그 반죽을 얇게 떼어
수제비를 끓여 먹으면 얼마나 맛있게요.

—

특별히 고마운 것 없는 사람들에게 고맙습니다.

에세이&

다정하기 싫어서
다정하게

초판 1쇄 발행 2021년 11월 26일

지은이 김현
펴낸이 강일우
책임편집 이진혁
조판 박아경
펴낸곳 (주)창비
등록 1986년 8월 5일 제85호
주소 10881 경기도 파주시 회동길 184
전화 031-955-3333
팩시밀리 영업 031-955-3399
　　　　　편집 031-955-3400
홈페이지 www.changbi.com
전자우편 lit@changbi.com

ⓒ 김현 2021
ISBN 978-89-364-7891-9 03810